I0613742

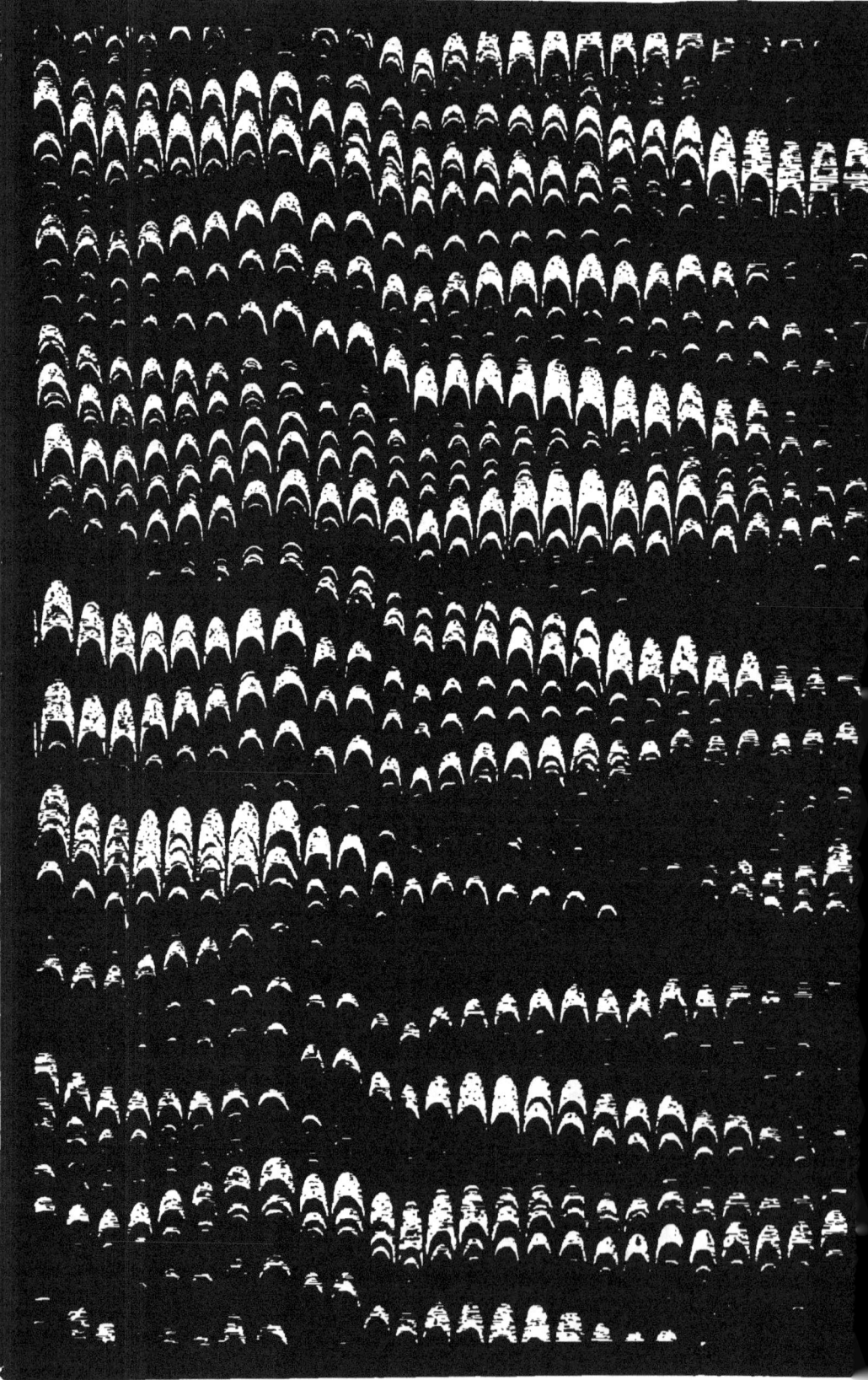

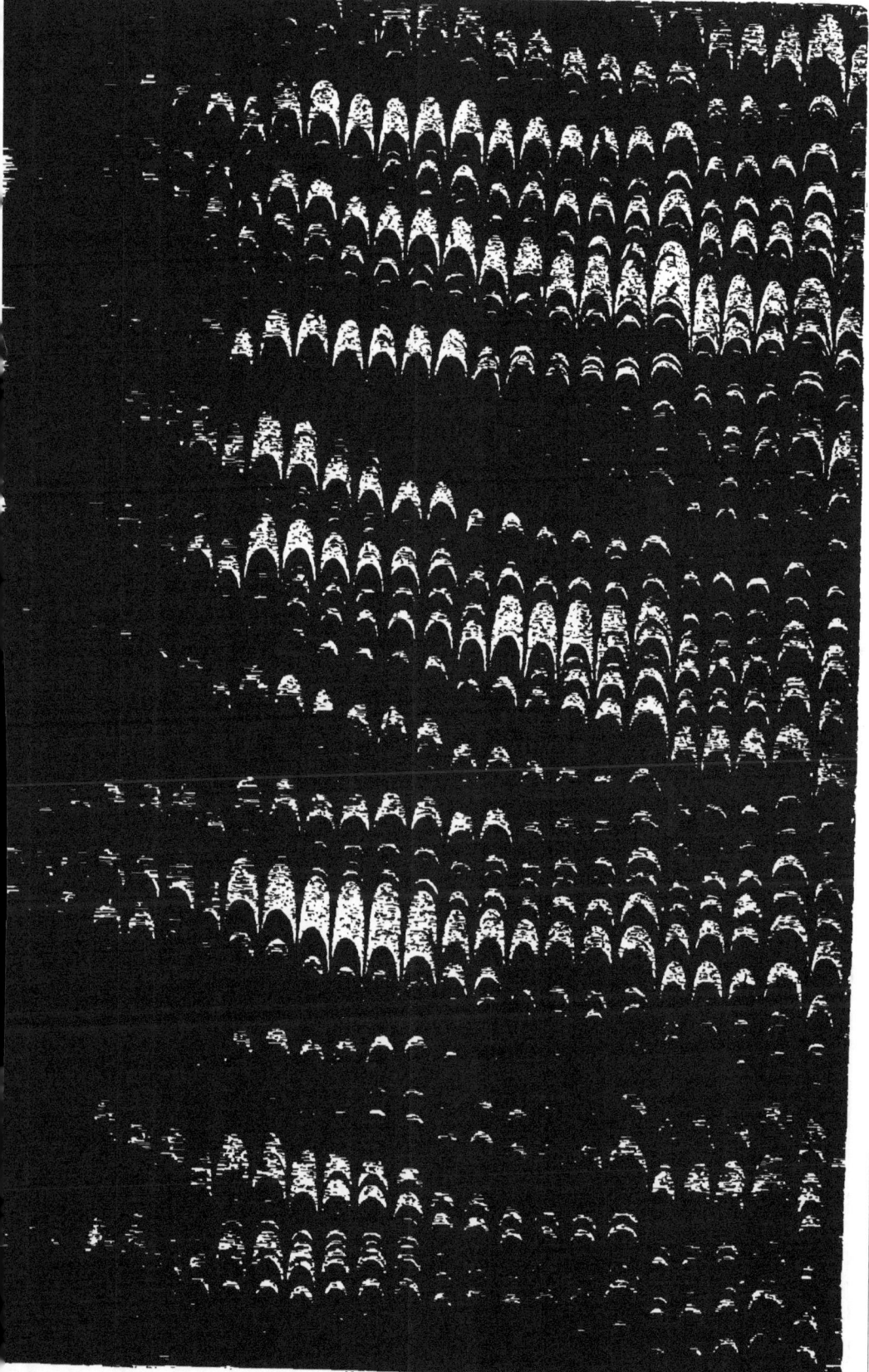

La
DANCE MACABRE

DES

SS. INNOCENTS DE PARIS.

d'après l'édition de 1484

PRÉCÉDÉE D'UNE

ETUDE SUR LE CIMETIÈRE, LE CHARNIER

et la Fresque peinte en 1425

PAR L'ABBÉ VALENTIN DUFOUR

Parisien.

PARIS

LIBRAIRIES :

LÉON WILLEM | PAUL DAFFIS
8, RUE DE VERNEUIL, 8 | 7, RUE GUÉNÉGAUD, 7

1874

COLLECTION DE DOCUMENTS

rares ou inédits

RELATIFS A L'HISTOIRE DE PARIS

LA DANCE MACABRE

DES

SAINTS INNOCENTS

d'après l'édition de 1484.

TIRÉ A 35o EXEMPLAIRES

TOUS NUMÉROTÉS

325 sur papier vergé des Vosges.

22 — chine véritable.

3 sur parchemin.

N°

La

DANCE MACABRE

DES

SS. INNOCENTS DE PARIS

d'après l'édition de 1484

PRÉCÉDÉE D'UNE

ETUDE SUR LE CIMETIÈRE, LE CHARNIER

et la Fresque peinte en 1425

Par l'abbé Valentin DUFOUR

Parisien.

PARIS

LIBRAIRIES :

Léon WILLEM | Paul DAFFIS
8, RUE DE VERNEUIL, 8 | 7, RUE GUÉNÉGAUD, 7

1874

LA
DANCE MACABRE
DU
CHARNIER DES INNOCENTS

I.

LE CIMETIÈRE.

ℝOME, la capitale du monde païen, avait établi des chemins, qui, partant du *Forum*, s'étendaient jusqu'aux extrémités de l'Empire : on en a fait l'histoire (1). Il suffit de savoir qu'une de ces voies, la principale des Gaules, franchissant les Alpes, passait par Lyon, Sens,

(1) Nic. Bergier, *Hist. des grands chemins de l'empire romain,* 2 vol. in-4, Bruxelles, 1728.

1

Paris et se prolongeait jusqu'à Boulogne-
sur-Mer.

Au sortir de Lutèce, la voie antique, franchissant la rive droite de la Seine sur le
Grand-Pont, se bifurquait auprès du principal *Agora* ou *Forum* (il en existait un
autre vers la place Maubert, sur la rive gauche), sur l'emplacement actuel des Halles :
une branche se dirigeait par les rues Vivienne, de Tivoli et de Clichy, vers Mont-
morency, pour aboutir à Beauvais et à
Rouen; l'autre conduisait à Senlis et à
Amiens (1). Pour mémoire, il faut rappeler
qu'une troisième voie, partant du même
point, prenait une direction tout opposée,
suivait le tracé des rues Saint-Antoine et
de Montreuil et aboutissait à Chelles.

Ces détails topographiques ne sont pas
inutiles pour l'intelligence de ce qui va
suivre.

La rive droite de la Seine n'avait pas,
— même aux premiers temps de la monarchie, — l'aspect qu'elle a aujourd'hui. Un
étroit chemin menait en descendant, le long

(1) Jollois, *Mémoires sur les Antiquités de Paris*,
in-4, Imp. roy., 1843.

de la rivière, à travers des terrains souvent inondés, jusqu'aux hauteurs de Passy; à droite, tout le canton occupé actuellement par la Bastille, la gare de Lyon et Bercy, était plus ou moins submergé par les débordements du fleuve, où, de nos jours encore, on a pu voir l'eau s'élever sur le même emplacement à une hauteur étonnante, grâce aux infiltrations souterraines. L'espace intermédiaire, plus rapproché de la place de Grève, à l'abri des caprices de la Seine, par l'endiguement du fleuve, fut longtemps un terrain inculte et marécageux qui a conservé depuis son desséchement le nom caractéristique de *Marais*, non pas que le sol fût naturellement marécageux, par suite des débordements de la Seine, mais parce qu'il recevait les ruisseaux qui, s'échappant des collines voisines de Belleville et de Ménilmontant (1), autrefois rives du fleuve aux temps antéhistoriques, cherchaient à le rejoindre, et faute d'issue, se répandaient sur ce terrain boisé.

Ces diverses chaussées, plus élevées que le sol, permirent d'en dessécher peu à peu les

(1) E. Fournier, *Énigmes des rues de Paris*, p. 7.

abords, de pratiquer un passage pour les eaux, de régler leur cours, de défricher les terrains qu'elles envahissaient auparavant, d'y bâtir des maisons de campagne, des établissements de culture, des *marais,* comme on dit encore à Paris, où l'on cultiva toutes les plantes potagères. Il y a quelques années seulement, le faubourg Saint-Antoine était presque exclusivement occupé par cette utile industrie, qui fournissait, avant 1860, les légumes nécessaires à l'alimentation de Paris.

En avançant vers le nord, au contraire, le terrain en pente se relevait sensiblement, aussi y avait-on établi un Forum, des Marchés, et les Halles qui n'ont jamais pu être déplacées de ces environs.

Vaincus par les armes et la politique de Rome, les Gaulois en adoptèrent bientôt les mœurs. S'ils conservèrent la religion des druides ou embrassèrent le christianisme, — dont le spiritualisme élevé les séduisit bien plus que le panthéisme *matérialiste* de Rome, — ils empruntèrent à leurs vainqueurs leur police et leur administration : sous ce rapport comme dans l'art de la guerre, les Romains étaient le premier peuple du monde. Une de leurs lois, basée sur l'hygiène publique, ordonnait d'enterrer le long des grands chemins et dans les jardins : les Gallo-Romains, les Francs après eux, se conformèrent à cet usage ; c'est ce qui explique pourquoi on a trouvé beaucoup de tombeaux antiques auprès de Saint-Gervais et de l'Hôtel de Ville ; dans la rue Vivienne et l'impasse Tivoli, sur les deux voies divergentes dont il a été question plus haut ; il devait s'en trouver, et il s'en est trouvé par la même raison, aux abords de la voie médiane, près de la ville, non loin du marché public. Cet emplacement, après avoir servi longtemps de lieu de sépulture pour les particuliers, fut, dès les premiers temps de la monarchie et peut-être avant, affecté à l'inhumation de la population parisienne ; ce n'est pas à dire que ce soit le plus ancien des cimetières parisiens, on en connaît d'autres de la même époque : au moins est-il un des plus anciens (1).

Ce canton, plus favorable à la culture, fut un des premiers exploités, son nom l'indique suffisamment ; on l'appelait les *Petits*

---

(1) Jollois, *Mémoires sur les Antiquités de Paris*, *passim*, et Vacquer, *Revue archéologique*, IV, p. 348.

champs (*Campelli*), les Champeaux ou simplement *Champeaux*, par opposition aux
Champs, par excellence (*Campi*), qui s'étendaient sur la rive gauche de la Seine, à droite
et à gauche de la voie de Lutèce à Orléans,
où ils formaient la plaine de Montrouge et
son prolongement la *plaine du Long-
Boyau*.

Quoi qu'il en soit de ces origines obscures,
il est incontestable que ce canton servit de
lieu de sépulture, dès l'époque la plus recu-
lée, aux habitants de cette partie de Paris,
que l'on appela depuis *la Ville*. Les Gallo-
Romains enterraient leurs morts dans les
cours et les jardins de leurs habitations, ou,
comme les Romains, le long des chemins
publics. L'établissement de la religion chrétienne dans les Gaules vint modifier cet
usage (1). Les chrétiens enterraient les personnages marquants dans les églises, et le commun des fidèles dans les cimetières qui les
entouraient, rarement dans les villes, petites
d'ordinaire, comme Lutèce, — pour obéir
aux sages prescriptions de la loi romaine sur
cette matière — le plus souvent dans la cam-

(1) Sauval, *Ant. de Paris*, 1, p. 19.

pagne, toujours dans un endroit consacré où les disciples du Christ étaient séparés des adorateurs des idoles.

Avec le temps, on oublia d'observer ces utiles règlements, puis vint l'invasion des Barbares. Les désordres qu'elle entraîna après elle, firent négliger encore plus ces mesures de police et d'hygiène remises en vigueur par notre siècle.

Cependant à Paris, l'espace ne manquant pas aux environs de la ville, on y fut fidèle plus longtemps, le cimetière de Champeaux devint célèbre, avant qu'il y existât une chapelle ou église des Saints-Innocents, parce qu'il était celui du bourg Saint-Germain et de ses dépendances : la facilité du transport lui donna une vogue (1). Sous les rois de la première et de la seconde race, il prit une grande extension, son enceinte ne fut circonscrite que beaucoup plus tard ; ce qui le prouve, c'est qu'on a trouvé de nombreux ossements humains au-dessous des fondations des maisons des rues voisines, et notamment dans les fouilles qui furent faites

(1) Lebeuf, *Hist. de la ville et du diocèse de Paris,* édit. H. Cocheris, I, 140.

lors de la construction de la Halle aux Draps (1).

S'il faut en croire Sauval (2), dans les premiers siècles de la monarchie, il était permis aux pères et mères de famille de se faire enterrer, eux et les leurs, aussi bien dans l'intérieur de leurs maisons que sur la voie publique. Pour éviter le mauvais air et la corruption des corps morts qu'on enterrait un peu partout, on aurait établi un cimetière auprès de l'église des Innocents (3).

Comme cet auteur ne donne pas de preuves de cette assertion, il est plus probable que selon l'usage on aura établi dans ce cimetière une chapelle ou oratoire, — comme saint Éloy en avait bâti une à Saint-Paul des Champs (4), — qui fut détruite par les Normands quand ils campèrent non loin de là en 886, mais elle fut relevée après leur départ.

Cette église, dit un autre historien de Pa-

(1) Héricart de Thury, *Description des Catacombes*, Paris, 1815, p. 165.

(2) Sauval, *Ant. de Paris*, IV, p. 497.

(3) Sauval, *Ant. de Paris*, I, p. 2:. IV, p. 358.

(4) L'abbé V. Dufour, *Charniers de l'église Saint-Paul*, Paris, 1866.

ris (1), fut construite à l'angle d'un cimetière,
et il paraît qu'elle occupait vraisemblable-
ment la place d'une chapelle qu'on y avait
bâtie selon l'usage, et qui peut-être était sous
le vocable des Saints-Innocents, pour lesquels
le roi Louis VII avait une dévotion particulière. Un chroniqueur nous apprend en
effet que c'était par eux qu'il jurait, disant
souvent : Par les saints de Bethléem (2) ! (Per
sanctos de Bethlehem) ! Ce fait explique
suffisamment comment cette église n'a pas
pu tirer son nom de saint Richard, jeune
enfant que les juifs auraient crucifié à Pontoise, en 1179.

On sait quelle haine s'attachait au moyen
âge au nom des juifs ; leurs richesses l'expli-
quent suffisamment : attisée par les passions
populaires, et exploitée habilement par nos
rois, elle fut souvent pour eux un moyen
facile de battre monnaie. En 1183, Philippe-
Auguste chassa les juifs de son royaume et
confisqua leurs biens ; il y a toute apparence
que ce fut avec la part qu'il en préleva que

(1) Jaillot, *Rech. sur Paris, 1782, quartier des Halles*, p. 14.
(2) *Annal. Bened.*, VI, p. 700

l'église fut agrandie depuis le sanctuaire
jusqu'à la porte, entre l'an 1183 et la fin du
règne de ce prince arrivée en 1223. « Dans
cet intervalle, le corps de saint Richard fut
apporté de Pontoise, et placé au cimetière
dans un tombeau près la croix des Guimiers,
où il reposa jusqu'au temps où les Anglais,
maîtres de Paris, sous Charles VII, levèrent
son corps qu'ils transportèrent dans leur
pays, ne laissant à Paris que sa tête qui s'y
voit encore. Le tombeau fut rétabli par le
chapitre de Saint-Germain, en 1633. Il ne
faut pas croire au reste que la translation du
corps du jeune Richard fut la véritable
cause du titre de Saint-Innocent, donné à
cette église, puisque dès l'an 1150 on l'appelait : Église des Saints-Innocents, *Eccle-
sia sanctorum Innocentium* (1). »

Elle était primitivement bâtie sur partie
d'un terrain concédé, au ixe siècle, à Hilde-
brand, évêque de Séez, qui, fuyant les incursions des Normands, apporta à Paris le
corps de sainte Opportune, et y fonda une
chapelle et un monastère de ce nom; aussi le
doyen de Sainte-Opportune nommait à la

(1) Lebeuf, édit. Cocheris, I, 107.

cure; mais les doyen et chapitre de Saint-Germain étaient *seigneurs fonciers et proprié-taires des cimetière et charniers* (1).

L'église se composait de quatre nefs, auxquelles on arrivait par un pareil nombre de portes percées sur la façade occidentale ; des constructions modernes et accessoires avaient supprimé deux de ces portes ; on entrait aussi dans l'église par un couloir ouvert sur la rue Saint-Denis, et par une porte latérale située au midi.

Parmi les quatre nefs, trois seulement étaient séparées par des colonnes ; celle du sud l'était par des piliers ; deux absides, établies vers la rue Saint-Denis, composaient le sanctuaire. L'église était séparée du cimetière par un chemin de ronde (2).

« Il paroît que la raison pour laquelle
« cette église fut d'abord bâtie, étoit pour
« servir de lieu d'oraison aux fidèles qui
« viendroient visiter les sépultures ; car dans
« les anciens cimetières, il y avoit toujours
« quelque église destinée à la prière pour les
« morts. On jugea à propos de l'augmenter

(1) *Arch. nat.*, Saints-Innocents (L. 567).
(2) Alb. Lenoir, *Statistique monumentale,* p. 160.

« depuis que Philippe-Auguste eut fait en-
« tourer de murs le cimetière de Cham-
« peaux. On ajouta à l'église des Innocents
« une chapelle de Saint-Michel, parce qu'on
« avoit coutume d'en bâtir une en son hon-
« neur dedans ou proche les cimetières. Cette
« chapelle est enfermée aujourd'hui dans
« la seconde aîle de cette église, du côté du
« midi (1). »

Quittons un instant l'église que nous connaissons suffisamment pour revenir au cimetière et rentrer directement dans notre
sujet.

Originairement, le cimetière était hors la
ville et dans la campagne, mais peu à peu,
la cité avait pris des accroissements : régulièrement elle éprouvait le besoin de s'étendre, régulièrement aussi il lui fallait reculer
son enceinte pour se protéger contre les en-
nemis extérieurs.

Paris fut longtemps à se remettre des ra-
vages commis par les Normands sur son ter-
ritoire. On a prétendu que c'est à Hugues
Capet que l'on est redevable du mur de clôture construit autour des faubourgs qui s'é-

(1) Lebeuf, édit. Cocheris, I, p. 106.

taient formés au nord et au midi de la Cité;
mais aujourd'hui il paraît prouvé que cette
seconde enceinte de Paris doit être attribuée
à Louis VI. Le cimetière de Champeaux
resta encore en dehors de ces fortifications,
il n'en fut pas de même lors de la construction de l'enceinte que Philippe-Auguste,
avant son départ pour la croisade, entreprit
en 1190, voulant préserver sa capitale contre
les incursions possibles des Anglais. Il commença la muraille sur la rive droite, la clôture ne fut continuée sur la rive gauche
qu'en 1208. Le cimetière des Innocents,
cette fois, fut compris dans la ville. A partir
de cette époque commence son histoire au
véritable point de vue parisien.

Destiné d'abord à l'inhumation des paroissiens de l'église Saint-Germain et des bourgs
qui en dépendaient, il devint ensuite commun aux paroisses qui en furent démem-
brées : celles de Saint-Christophe et de
Sainte-Marine dans la Cité, l'hôpital Sainte-
Catherine, rue Saint-Denis, enfin l'Hôtel-
Dieu, y eurent aussi droit de sépulture.

Comme ce cimetière était un lieu ouvert
de toutes parts, l'asile de la paix était devenu
celui du tumulte, par le passage et le bruit

continuel qu'occasionnait le voisinage des Halles, où se tenaient les foires et les marchés, ressemblant plus aux entrepôts et aux bazars modernes qu'à nos halles actuelles, où l'on vient s'approvisionner des choses nécessaires à la vie : les marchands de tous les pays, ceux des Flandres surtout et du Nord, étaient représentés à cette exposition permanente, mais cette agglomération avait aussi ses dangers et ses inconvénients : cette multitude de marchands de toutes les nations attirait des gens sans aveu et des femmes de mauvaise vie. Nous en avons pour garant un contemporain, les cendres des morts foulées aux pieds par les hommes et par les animaux les plus vils qui venaient y chercher leur nourriture, étaient souillées par toutes sortes d'immondices et profanées par le crime : *quod pejus erat, meretricabatur in illo* (1).

Touché de ces désordres auxquels il voulut porter remède, pressé par les plaintes des habitants, Philippe-Auguste ordonna d'environner le cimetière de hautes murailles, de le fermer de portes la nuit : « fut

(1) Guill. le Breton, *Philippide*, I.

également pris et enclos partie d'un emplacement appelé *Champeaux* où se vendaient alors les bestiaux (1). » Guillaume le Breton et Rigord nous apprennent que ce fut en 1186.

Le nombre des habitants s'étant considérablement augmenté à l'entour de l'enceinte, on songea à agrandir le cimetière. Le 10 du mois de juin 1218, l'évêque de Paris, Pierre de Nemours, donna pour cet effet « au « chapitre de Saint-Germain, un emplace-« ment qu'il avait auprès du terrain de « Guillaume du Mont, qui touche au « mur de Girard Bacheldry pour agrandir « le cimetière. » C'est le seul accroissement de ce cimetière mentionné dans l'histoire. Il lui devenait d'ailleurs difficile de s'étendre davantage à l'avenir, enfermé qu'il était dans des rues étroites, après qu'il eut été entièrement clos de murailles. De jour, le cimetière continua à être ouvert et livré à la circulation, mais la clôture elle-même ne dut être qu'un palliatif temporaire et les abus se renouvelèrent avec le temps. Pour preuve, il suffit de citer notre Rabelais qui

(1) Sauval, *Ant. de Paris*, I, p. 69.

parle : « *des guenaulx de Sainct Innocent* (1)
*qui se chauffaient le c.. des ossements des
morts.* » Maître Villon a dû parfois se chauf-
fer de ce bois.

Le voisinage constant des Halles explique
l'affluence du populaire dans l'enclos du cimetière et ses dépendances : ce fut toujours
un endroit cher aux oisifs qui y trouvaient
un aliment à leur curiosité, et aux fripons
qui y rencontraient toujours un asile le soir
et dans la journée des dupes, des *innocents*,
selon un vieux jeu de mots. Chaque siècle
y apporta ses passions, ses joies, ses colères,
comme ses fêtes.

Au xvie siècle, nous trouvons dans les registres du chapitre de Saint-Germain (2) des
plaintes des riverains, d'où il appert que la
clôture de nuit ne se faisait pas exactement,
ce qui donnait lieu à des désordres de tous
genres et provoqua une injonction faite par
les habitants de la rue *aux Fers* à l'effet
d'obtenir de messieurs du chapitre de Saint-
Germain de faire mettre une barrière à la
porte du cimetière dans leur rue, se plai-

---

(1) Rabelais, *Pantagruel*, xvi, p. 146 et vii, 119.
(2) *Arch. nat.*, Saints-Innocents (L. 550).

gnant que les pauvres gens en y séjournant *y produisaient des ordures, maladies et contagions, et se livraient à toutes sortes d'excès.* Ils citaient même comme exemple : *Maître Maillard et ses filles qui y avaient gagné une maladie contagieuse.* Des autorisations de mettre des barrières aux portes du cimetière furent accordées à diverses époques, à condition *que les habitants ne pourraient s'attribuer aucune propriété d'icelles, ni du fonds où elles seraient plantées, et que les clefs en demeureraient au fossoyeur de Saint-Germain.*

Aux XVIIe et XVIIIe siècles, les irrévérences continuaient. Si du temps de Philippe-Auguste, bêtes et gens rivalisaient pour insulter à la cendre des morts, à une époque beaucoup plus rapprochée de nous, le désordre n'était pas moindre : c'était le rendez-vous des polissons, des badauds, des vagabonds et des chiens errants.

Sous Louis XVI, un auteur s'élève contre l'horreur indécente qui règne sous les sacrés portiques qui entourent le charnier des Saints-Innocents ; sous ces voûtes d'une toise et demie de large, où se trouve une double rangée de boutiques d'écrivains, de lingères, de

2

libraires et de revendeuses à-la toilette. *Au milieu de cette cohue, on venait procéder à une inhumation, ouvrir une tombe et relever des cadavres qui n'étaient point encore consommés, où, même dans les plus grands froids, le sol du cimetière exhalait des odeurs méphitiques!* (1)

Plusieurs ordonnances de police avaient défendu la vente des livres et l'exercice de petits métiers dans le cimetière et les charniers, mais en vain (2). Ainsi, dès l'origine, le scandale avait souillé le cimetière des Innocents et amené sa clôture ; depuis, l'insouciance et la cupidité s'y établirent et n'en sortirent plus qu'à sa démolition. Le cimetière des Saints-Innocents avait cependant toujours passé pour un lieu saint, un *Campo Santo ;* un évêque de Paris, Louis de Beaumont (1492), exprima, dans son testament, le désir que l'on remplît le caveau où il devait être inhumé à Notre-Dame, avec de la terre prise dans ce cimetière (3).

(1) *Arch. de l'État-Civil* (C. 636).
(2) *Arch. nat.,* Saints-Innocents (L. 567).
(3) Une vieille légende parisienne attribuait à ce sol une vertu merveilleuse. « Au grand cymetière de Paris, la terre duquel est si pourrissante qu'un

Le temps et la science surtout eurent raison de cette erreur.

« Vers 1830, on a trouvé des portions
« d'anciens cadavres saponifiées ou conver-
« ties en matière nommée *adipocire*, analo-
« gue au blanc de baleine et formée sous
« l'influence de matières alcalines ajoutées,
« mais non naturelles au sol (1). »

Cependant, cette tradition subsista long-
temps, au xviie siècle elle avait encore cours :
« Le 12e jour... il nous prit envie d'aller
« voir le cimetière de Saint-Innocent qui
« n'est qu'à vingt pas de nostre logis. On
« attribue à la terre une certaine qualité, qui
« est qu'elle peut consumer en *vingt quatre*
« *heures* de temps un corps mort, mais nous
« n'en avons pas veu l'effet. On y voit tout
« à l'entour quantité d'ossements rangés les
« uns sur les autres ; et logés dans des es-
« pèces de galeries , qu'on nomme Char-

corps humain y est consumé en *neuf jours*. Il contient
lxxx arches et charniers, sans les murs de l'église. En
ce cymetière y a tant d'ossemens de trépassés que
c'est chose incréable. » Corrozet, *Antiq. de Paris*,
Paris, Étienne Groulleau, s. d. Sauval, IV, p. 359.

(1) Bonnardot, *Revue universelle des Arts*, V, p.
140.

« niers. C'est sous ces charniers et le long
« des piliers que l'on treuve de certains écri-
« vains qui sont fort connus par ceux qui
« ne sçavent pas escrire. Les valets, ser-
« vantes et autres ignorants qui veulent en-
« voyer des lettres à leurs parents ou amis,
« s'adressent à ces habiles secrétaires, qui
« tout aussi tost demandent de quel stile ils
« les veulent, et si c'est du haut stile qu'ils
« demandent, la lettre vaut 10, 12 ou 20
« sols ; si c'est du bas stile qu'ils demandent,
« elle n'est que de 5 ou 6 » (1).

Si l'on veut avoir une idée du style des
Écrivains, il faut lire la parodie qu'en fait
Berthod (2).

Claude Lepetit décrit également en vers le
Cimetière des Innocents (3). Ces trois auteurs sont contemporains. Voir aussi Mer-
cier (4), qu'il serait trop long de citer.

Il est temps de faire connaître le cime-

(1) *Journal d'un voyage à Paris en 1657-1658,*
publié par Faugère, Paris, 1862, p. 46.

(2) *La Ville de Paris en vers burlesques,* édit. du
bibliophile Jacob, Paris, Delahays, 1859, p. 125-140.

(3) *La Chronique scandaleuse ou Paris ridicule,*
même édition, p. 26-28.

(4) *Tableau de Paris,* I, p. 266.

tière et ses dispositions intérieures et extérieures.

. Il présentait la figure d'un parallélogramme presque régulier, compris sur sa plus grande longueur entre les rues aux Fers et de la Féronnerie, sur ses petits côtés entre les rues Saint-Denis et de la Lingerie. Cinq portes y donnaient accès : la *Porte Saint-Germain*, la principale, à l'angle des rues de la Féronnerie et de la Lingerie ; la *Porte Saint-Eustache*, en regard au coin des rues de la Lingerie et aux Fers ; la *Petite porte de la rue aux Fers qui va au passage des Saints-Innocents et au cimetière* ; la *Porte Saint-Jacques* à l'angle de la rue Saint-Denis, enfin la *Porte* ou *poterne de la Féronnerie*, réservée aux particuliers comme la petite porte de la rue aux Fers, les trois autres servaient aux cortéges et aux charrois ; la dernière, ménagée dans les constructions lors de l'alignement de la rue de la Féronnerie, subsiste encore, on l'avait élargie pour faciliter l'entrée du *Marché du Carreau ;* depuis l'établissement des Halles centrales, on y a pratiqué quatre arcades monumentales.

Sur l'alignement de la rue Saint-Denis se trouvait l'entrée de l'église ; à l'angle septen-

trional était adossée la célèbre fontaine de
Jean Goujon, maintenant au milieu du
square des Innocents, à peu près au centre
de l'ancien cimetière. On a dû rétablir symétriquement deux côtés qui n'existaient pas,
puisque primitivement cette fontaine était
adossée à deux constructions : l'église et le
presbytère. Un passage permettait de faire le
tour de ces bâtiments qui se trouvaient ainsi
isolés du cimetière; lequel était diminué
d'autant en superficie. A ses dépens encore,
on avait construit le logement du fossoyeur,
(qui, au siècle dernier, se faisait appeler ad-
ministrativement *commis au bureau des
convois*), une logette pour serrer les outils
de ses aides, et prélevé l'emplacement d'un
jardin : il est vrai que le cimetière n'était
pas planté d'arbres, comme nos nécropoles
actuelles; rien n'y égayait la vue que les
divers monuments qu'on y avait élevés.

Le reste du terrain se trouvait encore divisé en deux parties : le *Cimetière*, propre-
ment dit, et le *Parterre*, dont il est fait
mention dans des actes du 21 octobre 1543
et du 28 octobre 1546 (1).

(1) *Arch. nat.*, Saints-Innocents (L. 567).

Le Parterre, longue bande de terrain parallèle à la rue de la Lingerie, comprenait les trois chapelles d'*Orgemont*, de *Villeroy* et de *Pommereux;* il s'étendait devant la galerie des Écrivains dans un espace limité par une ligne tirée entre le troisième pilier des Lingères et son correspondant le troisième pilier de la rue aux Fers. On y enterrait spécialement les personnes décédées à l'Hôtel-Dieu ou mortes accidentellement sur la voie publique, et déposées à la geôle ou morgue du Châtelet. Les religieuses de Sainte-Catherine étaient chargées de leur procurer la sépulture chrétienne.

La *montre* ou visite s'en faisait régulièrement; celle de 1440 nous fait voir les administrateurs délégués de l'Hôtel-Dieu, *constatant l'état des lieux à partir du tiers pillier faisant clôture des trois dernières arcades des galeries dud. cimetière du costé de la Charronnerie, allant tout au travers dud. cimetière, jusqu'aux galeries ou charniers estant en iceluy du costé de la rue aux Fers et à prendre aussy du pillier faisant closture des trois arches estant aud. costé de la rue aux Fers, près du recousté* (retour d'angle?).

*Le tour du charnier de ces costés ne
fait pas partie de la propriété de l'Hôtel-
Dieu* (1). » Ainsi jugé contre Marc Legros ,
procureur de la veuve Palluau (1567).

Un simple fossé semble avoir servi de dé-
limitation entre le Parterre et le Cimetière,
ce qui explique la surveillance des inté-
ressés ; c'était d'ailleurs l'apogée de la gloire
et de la célébrité du cimetière des Innocents.

Un plan de 1756 représente le Parterre
par une simple ligne (2), il n'y avait pas de
mur, ni de haie, le terrain était trop précieux. On va en juger.

La légende du *Plan du cimetière des
Saints-Innocents avec ses environs , levé
géométriquement sur les lieux en juillet
1756,* donne les renseignements suivants :

Le cimetière avec le logement et le jardin du commis des convois (non compris les trois chapelles
d'Orgemont, de Villeroy et de Pommereux), contient
une superficie de. . . . . 1597 t. 1 p. 7 p.
Avec ces chapelles.. 1623   4   3
La chapelle d'Orgemont.. . . .   13   2   0

(1) *Arch. nat.*, Saints-Innocents (L. 567).
(2) Bibliothèque nationale, Cabinet des estampes :
Topographie de Paris, Ier Arrond^t.

La chapelle de Villeroy. . . .	7 t.	4 p.	8 p.
La chapelle de Pommereux. . .	5	2	0
Avec le vieux charnier de la rue aux Fers.	1774	5	8
Le passage devant l'église des Saints-Innocents, qui prend depuis le pilier attenant à la balustrade de la chapelle de la Vierge et va en retour de l'église des Saints-Innocents, et du mur du cimetière jusqu'au premier pilier du vieux charnier du côté de la petite porte qui donne dans la rue aux Fers, à côté de laquelle porte est un petit escalier circulaire, contient en superficie.	36	5	2
Le vieux charnier.	132	3	0
Le charnier de la Vierge.	18	4	5
Le logement du commis de bureau des convois et le jardin à côté.	18	4	6

Hauteur et largeur des portes.

Porte Saint-Germain, 21 pieds 3 pouces de haut sur 8 pieds de large.

Porte Saint-Eustache, 9 pieds 3 pouces de haut sur 6 pieds 1/2 de large.

Porte Saint-Jacques, 10 pieds 10 pouces 1/2 de haut sur 7 pieds 7 pouces de large.

La petite porte de la rue aux Fers, 7 pieds 6 pouces de haut sur 5 pieds 8 pouces de large.

L'auteur du plan a négligé de donner la

superficie du charnier des Écrivains et de celui des Lingères.

C'est dans un espace aussi restreint (1,775 toises, chiffre rond), que pendant plus de six siècles, depuis l'établissement de la clôture du cimetière sous Philippe-Auguste, jusqu'à sa fermeture, on enterra la population de plus de trente paroisses, hôpitaux et communautés de Paris.

La liste n'en ayant jamais été publiée entière, ce n'est pas s'écarter du sujet que de la donner ici, d'autant plus qu'il s'y rencontre un peu de statistique, point sur lequel nos ancêtres ne nous ont pas gâtés. Cette pièce est tirée des Archives de l'État-civil, brûlées en mai 1871, et complétée pour certains détails, mais le fond, les chiffres surtout, n'ont pas été altérés; ils sont malheureusement trop peu multipliés.

I. Dans la *Cité* :

Saint-Barthélemy (y compris les prisonniers de la Conciergerie), fournissait en moyenne par mois 10 inhumations, par an 120.

Saint-Pierre des Arcis, par mois 2 à 3, par an 25.

Sainte-Magdeleine, par mois 4 à 6, par an 50.

Sainte-Croix, par an 8.

Saint-Germain le Vieux, par mois 3 à 4, par an 40.

Sainte-Marine, par an 5.

Saint-Pierre-aux-Bœufs (y compris ceux qui ne veulent pas être réputés morts à l'Hôtel-Dieu), (*sic*) par mois 2 à 3, par an 20.

Pour l'Hôtel-Dieu, qui, seul, fournissait plus que tous les autres établissements hospitaliers, le chiffre n'est pas donné, non plus que pour les autres paroisses : Saint-Christophe, Saint-Denis de la Châtre, Saint-Martial.

II. Dans la *Ville* (au nord) :

Saint-Germain l'Auxerrois, Saint-Eustache, Saint-Jacques la Boucherie, Saint-Leu et Saint-Gilles, Saint-Josse, Saint-Sauveur, Saint-Joseph, Saint-Louis du Louvre, Saint-Thomas du Louvre, Sainte-Opportune, Saint-Merry, les Saints-Innocents, la Basse-Geôle, les hôpitaux de Sainte-Catherine et du Saint-Esprit.

III. Dans l'*Université* (au midi) :

Saint-Benoît, Saint-Côme, Saint-Sulpice, Saint-André des Arcs, l'hôpital de la Charité.

Total trente et une paroisses et généralement toutes les églises qui n'avaient pas de cimetière. Les corps étaient amenés dans l'église des Saints-Innocents ; après l'office des Morts on acquittait les droits de fabrique entre les mains du fossoyeur du chapitre de Saint-Germain, puis on procédait à l'inhumation.

Avant de parler du fossoyeur, représen-

tant de messieurs les doyen et chapitre de
Saint-Germain, un mot sur les droits dont il
vient d'être question.

Les concessions à perpétuité, monuments
ou inhumations, ne se faisaient jamais sans
l'autorisation du chapitre *propriétaire de
toute ancienneté*, on trouve même parfois la
formule : *En la terre de MM. de Saint-
Germain*. Beaucoup d'épitaphes portaient :
*Par la permission de MM. de Saint-Ger-
main*.

Ils percevaient le droit d'obsèques dans
tout le cimetière et les chapelles, aussi bien
sur les paroissiens que sur les personnes décédées sur toute autre paroisse. Ce droit,
perçu sur place par le fossoyeur, était éva-
lué, au xviie siècle, à 1,600 livres de revenu,
dont le quart dut être employé à l'élargissement de la rue de la Ferronnerie (1).

Par arrêt des 12 février 1534 et 7 avril
1543, le Chapitre fut maintenu dans la possession de choisir et de renvoyer les fos-
soyeurs, même pour les fosses des fidèles,
autres que les paroissiens de Saint-Germain,
Saint-Eustache et Saint-Sauveur. Mais si le

---

(1) *Arch. nat.*, Ord. de Louis XIV (S. 3374).

Chapitre maintenait ses priviléges, il connaissait ses devoirs; vers 1750, il avait acquis un terrain neuf aux Porcherons, pour y mettre les ossements des corps morts. Malgré cette précaution, dit un rapport du temps, mais postérieur de vingt ans, *tous les charniers en sont remplis depuis deux ou trois cents ans* (1).

Pour être inhumé dans les chapelles d'Orgemont et de Villeroy, on payait 28 livres; sous le petit charnier, à cause des trop fréquentes sépultures que l'on demandait en ce lieu, où les corps ne pouvaient être vite consumés, et pour éviter l'infection qui en pouvait résulter : pour toute tombe à lever, 25 livres; sans tombe à lever, 20 livres. Sous les grands charniers, pour une tombe à lever, 18 livres, et 15 livres pour une tombe levée.

Partout ailleurs, il est dû au fossoyeur pour une tombe levée, 5 livres; non levée, 3 livres; pour les petits enfants, dans le premier cas, 3 livres; dans le second, 1 livre. Le fossoyeur devait recevoir pour les convois de charité de la paroisse, 15 sous, et pour

(1) *Arch. de l'État-Civil* (C. 636).

les mêmes convois venant d'autres paroisses,
20 sous.

Pour les enterrements sans coffre (bière),
il recevait de la dame de charité, trésorière
de la paroisse du défunt, suivant la coutume, pour les grands corps, 26 sous, dont
16 sous revenaient aux quatre porteurs et
10 sous à lui et à ses garçons, et pour les petits corps, 16 sous seulement; enfin 10 sous
pour les enterrements de charité des autres
paroisses.

Ce règlement qu'on voulut imposer au
xviiᵉ siècle, modifiait, dans certaines de ses
parties, celui qui existait déjà, il fut critiqué
amèrement, peut-être ne fut-il pas mis à exécution; le factum d'où sont tirés ces détails,
demandait, non sans raison, pourquoi cette
différence entre les tombes levées ou non, les
convois avec ou sans coffres, cette distinction
entre paroissiens et étrangers (1) ?

Les concessions à perpétuité subsistaient
plus longtemps que de nos jours, la jouis-
sance n'en était troublée que dans des cas
tout à fait exceptionnels. La destruction du
charnier des Lingères pour l'élargissement

(1) *Arch. nat.*, Saints-Innocents (L. 567).

de la rue de la Féronnerie, fut un événement qui dut avoir son contre-coup dans les familles en possession du droit de sépulture sous cette galerie.

On trouve à la date des 14, 16, 19, 20 et 22 septembre 1669, un accord par lequel :

« Louis de Lille et Gabrielle Gille , sa
« femme; Charles de Brie et Françoise Gille,
« sa femme; François Lebret; Henri Go-
« dart; Antoine Alexandre ; Marie Pujot;
« Pierre de la Blanche ; Louis Faure et Ni-
« colas Fronteau, agissant ès noms et comme
« titulaires du droit de sépulture sous le
« charnier de la Féronnerie, consentent que
« les ossements, sépultures, épitaphes, ins-
« criptions et tombes de leurs parents inhu-
« més sous ce charnier, soient transportés
« sous celui de la rue de la Lingerie et de la
« rue aux Fèvres (*sic*), se réservant le même
« droit de sépulture qu'ils y avaient (1). »

Il y avait dans le cimetière un personnage secondaire, mais qui tirait de la nature de ses fonctions une importance relative, le mandataire du chapitre de Saint-Germain, le *fossoyeur,* que, par euphonie, on appela

(1) *Arch. nat. (ibid.)*

depuis *commis des convois*, chargé de la perception des droits de sépulture, il devait s'opposer aux empiétements. Préposé à la police intérieure, il était dépositaire des clefs, il devait présider à l'ouverture et à la fermeture des portes, ce qui ne se faisait pas toujours régulièrement, s'il faut en croire les plaintes qui s'élevèrent à plusieurs époques, et les arrêts qui réglèrent les prétentions des parties.

Son logement, augmenté plus tard d'un jardin, ainsi que la loge où ses garçons déposaient leurs outils, étaient dans le cimetière, auprès du passage contigu à l'église et indépendant de l'un comme de l'autre.

Si l'office des morts n'avait pas été chanté à la paroisse du défunt, on portait le corps à l'église; après le service, on faisait l'*absoute* qui le termine, au *Préchoir* dans le cimetière. De là on se rendait au lieu de la sépulture : pour les riches, un monument en plein air ou sous les charniers; pour le vulgaire, on descendait les corps par une échelle, dans une cave de cinq à six mètres de profondeur, où on les alignait après les avoir couverts d'un peu de poussière ; certaines de ces tranchées avaient reçu de douze

à quinze cents cadavres. Il y avait toujours
deux ou trois de ces puits ouverts, à une certaine distance l'un de l'autre ; on se conten-
tait de jeter sur leur orifice une ou deux
planches qu'on supposait suffisantes pour la
boucher. Quand ils étaient comblés, on en
creusait d'autres, ce qui explique pourquoi
le terrain avait pu s'exhausser de huit pieds
au-dessus du niveau des voies publiques qui
l'environnaient.

En prenant une fosse à part, on n'avait
droit *qu'à cinq pieds de haut* (long ?) *sur
deux et demi de large ;* il n'y avait guère
que cent cinquante à deux cents sépultures
par an.

Philosophe sans le savoir, le fossoyeur des
Saints-Innocents enterrait indifféremment
tous les morts grands et petits, il en avait
tant vu ! On a dit qu'il se - faisait, en temps
ordinaire, deux et même trois mille inhumations par an, dans le principal cimetière
de Paris ; la statistique citée plus haut est
incomplète, mais ne saurait atteindre ce
chiffre (1). Le dernier fossoyeur en titre,
François *Poutrain*, accusait quatre-vingt-
dix mille enterrements en moins de trente

(1) Voir p. 24.

ans d'exercice ; il était, selon nous, au-dessous de la vérité (était-ce par modestie?),
comme aussi M. Héricart de Thury (1) , qui
portait à 1.200,000 le nombre des personnes
inhumées aux Innocents, dans l'espace de
sept siècles, de 1187, époque de la clôture
sous Philippe-Auguste, jusqu'à sa fermeture
en 1786. En adoptant par année moyenne
le chiffre de 3,000 décès par an, sans compter
les famines, pestes, épidémies, guerres, on
arrive à un total de 2,100,000 cadavres
inhumés dans un espace relativement très-
restreint, puisqu'il ne présentait qu'une superficie de 1,775 toises.

La question du déplacement du cimetière
préoccupait depuis longtemps l'autorité civile, et on a vu (2) que le chapitre de Saint-
Germain avait pris des mesures pour remé-
dier à l'encombrement des charniers ; mais
alors, comme aujourd'hui, la question était
grosse de difficultés ; la routine, des préjugés
respectables, l'embarras de trouver un emplacement convenable , faisaient ajourner
une mesure reconnue nécessaire.

(1) *Description des catacombes*, p. 164.
(2) Voir p. 29.

Le commissaire Laumônier ayant été, à plusieurs reprises, chargé d'enquêtes sur ce sujet, avait, dans un dernier rapport (17 juin 1780), émis l'avis d'établir un cimetière provisoire aux Capucins, et d'en confier la surveillance à ces religieux : « *Mieux vault*, disait-il, *des religieux, pour gardiens, qu'un ivrogne comme celui des Innocents.* »

Poutrain n'était pas de cet avis ; ayant entendu parler de la suppression de son cimetière, il fit des démarches pour conserver sa place dans le nouveau cimetière (1781). Le Lieutenant de police appuya sa demande, et une apostille signée : *Servaux*, marque : *il mérite la bonté et la protection du magistrat.*

Il serait aussi long que fastidieux, quand l'espace le permettrait ici, de citer toutes les ordonnances, arrêts et mesures administratives qui, à diverses époques, ont visé la police du cimetière des Innocents ; on trouve les principales dans Delamare et ses continuateurs (1) ; Félibien (2) ; Isambert (3) ;

(1) *Traité de la police.* Paris, 1722.
(2) *Histoire de la ville de Paris,* 1725.
(3) *Recueil général des lois françaises* (420-1789). Paris, 1822.

E. de Laurière et Pardessus (1) ; les registres
du Parlement (2) ; les Archives nationales (3) ; ·
Dʳ Chéreau (4) ; Franklin (5), etc., etc. —
Le mémoire suivant les résume toutes et
fait connaître comment nos pères enten-
daient encore, au siècle dernier, les lois de
la salubrité et de l'hygiène publique et
privée.

Les Archives de l'Hôtel de Ville (C. 636),
aujourd'hui détruites, renfermaient un grand
nombre de documents, et en particulier la
pièce suivante, intitulée :

MÉMOIRE POUR L'ASSEMBLÉE.

Nous n'en avons pris que des extraits,
ne prévoyant pas sa destruction ; aujour-
d'hui nous avons le regret de ne pouvoir la
reproduire intégralement, au moins pou-

(1) *Ordonnances des rois de France de la troisième race.* Paris, Imp. Roy. (1723-1849).

(2) *Passim.*

(3) *Passim.*

(4) Dʳ Chéreau, *Ordonnances de 1531, Études sur
les épidémies parisiennes.* (Paris, Willem, 1873.)

(5) Franklin, *les Rues de Paris en 1636.* (Paris,
Willem, 1873.)

vons-nous affirmer que rien d'essentiel n'a
été omis.

« On se plaint depuis plus de quarante
« ans, peut-être même depuis un siècle, de
« l'infection que cause le cimetière des Inno-
« cents. Les plaintes les plus anciennes dans
« les bureaux datent de 1725.

« Le procès-verbal de l'état du cimetière,
« rédigé à cette date, par suite de plaintes, et
« signé du commissaire *Soucy*, n'avait pu
« être retrouvé.

« En 1737, les plaintes s'étant renouve-
« lées, le Parlement délégua, par arrêt du
« 9 juillet, *Lemery* et *Hurault*, médecins
« de l'Hôtel-Dieu, assistés de *Geoffroy*, *ex-*
« *pert en apoticairie* (sic), tous trois de l'A-
« cadémie des Sciences.

Les médecins et l'artiste justifièrent la
confiance du magistrat ; leur rapport, du
22 may 1738, est divisé en trois parties :

« 1° Observations sur ce qui se passe
« dans le cimetière ; 2° expériences chimi-
« ques pour découvrir l'état du cimetière ;
« 3° moyens proposés pour diminuer l'infec-
« tion, dissiper la crainte et faire cesser les
« plaintes.

« Les observations ont eu lieu à toute

« heure, en toute saison, dans le cimetière
« et les maisons, pendant qu'on creusait les
« fosses.

« On a remarqué deux sources de mau-
« vaises odeurs : les matières fécales, que
« les habitants des maisons voisines jet-
« tent dans le cimetière, en partie sur une
« rigole qui a été faite le long des maisons
« qui sont du côté de la rue de la Féronne-
« rie, et l'infection des fosses dans le temps
« qu'on les creuse et qu'on les remplit.

« La première cause est la plus patente, la
« seconde ne paraît pas exercer d'influence
« fâcheuse sur la santé des voisins.

« Les exhalaisons du cimetière augmen-
« teraient-elles les accidents en cas d'épidé-
« mie? Mais il y a d'autres endroits analo-
« gues : l'expérience du passé affaiblit ces
« soupçons légers. D'ailleurs il y a des pré-
« cautions à prendre ; la terre n'est pas usée,
« mais elle est moins propre à amener la
« corruption des corps morts.

« Il y a peu d'inhumations dans les cime-
« tières de paroisse qui sont d'ailleurs en
« plein air ; dans les églises, au contraire, où
« il n'y a pas d'air, l'été c'est une infection :
« par exemple à Saint-Germain l'Auxerrois

« et ailleurs, ce qui dépend peut-être des
« cercueils en plomb qui sont mal soudés.

« Le cimetière des Innocents est entouré
« de maisons qui empêchent l'air de se re-
« nouveler, l'été surtout.

« Il s'agit donc pour apporter le remède,
« non d'un déplacement, mais de prendre
« des précautions :

« Empêcher les locataires de jeter leurs
« eaux, les urines et les immondices dans le
« cimetière, et pour cela multiplier les lu-
« nettes des lieux communs et sceller des
« grillages aux fenêtres.

« Aplanir le terrain, le diviser en carrés,
« les exploiter en diagonale opposée avec
« celui exploité auparavant, et ne le rouvrir
« qu'après dix années révolues.

« Obliger le fossoyeur à chaque ouverture
« de fosse à retirer les os.

« Avoir une fosse ouverte pour tous les
« corps indistinctement, au lieu de trois
« que l'on conserve constamment.

« Doubler la grandeur des fosses qui n'ont
« que quinze pieds de profondeur, et n'ont
« que neuf pieds sur huit d'ouverture, ré-
« duites à six pieds au fond, parce que l'on
« va toujours en diminuant.

« Couvrir les corps de huit pouces à un
« pied de terre, suivant les saisons.

« Ouvrir les fosses de préférence pendant
« l'hiver.

« Mettre les fosses particulières dans un
« terrain circonscrit.

« Défendre les bières arquées ou trop
« grandes, ou les remplir de terres lessivées.

« Couvrir les corps qui viennent de la
« Morgue avec un lit de chaux et un pied
« de terre.

« Pendant que la fosse est ouverte, en te-
« nir la superficie exactement fermée ; quand
« elle est remplie, la couvrir de trois pieds
« de terre battue.

« Brûler les ossements ou les transporter
« dans le terrain neuf des Porcherons, ac-
« quis par le chapitre de Saint-Germain, et
« transporter partie de la terre du cimetière
« des fosses creusées, et la remplacer par
« celle de ce terrain. »

Les conclusions de ce rapport, très-sages
assurément, étaient insuffisantes et ne seraient pas acceptables aujourd'hui. Elles
aboutirent à un arrêt ordonnant à l'architecte du cimetière d'en lever le plan figu-
ratif. Déjà longtemps auparavant, Legrand,

architecte de la police, avait fait ce travail ;
mais son plan n'a pu être retrouvé, on a su
seulement par une lettre qu'il avait été re-
mercié pour ce travail, sous l'administration
de M. Hérault (1).

Aucune des précautions indiquées n'ayant
été suivies, de nouvelles plaintes s'élevèrent
et donnèrent lieu à un nouveau rapport
(1746).

Néanmoins, le 7 novembre 1755, on con-
statait qu'alors une fosse de vingt-cinq pieds
carrés était ouverte depuis trois mois, et que
deux ou trois mille personnes étaient enter-
rées par an aux Saints-Innocents ; le tout
suivi de considérations historiques et de ci-
tations de chartes de Lothaire et de Louis X
aux religieux de Saint-Magloire (monastère
dépendant de Saint-Barthélemy en la Cité),
dans lesquelles il est fait mention d'une chapelle Saint-George, où était leur cimetière,
situé dans le faubourg sur la chaussée de
Paris à Saint-Denis, proche les murs de
Paris, et une autre tirée de Delamarre (2), au
sujet du cimetière Saint-Paul : « *Nos roys
donnent une portion de terre en leur do-*

(1) *Arch. de l'Hôtel de Ville.*
(2) *Traité de la police,* l. I, t. VII, ch. v.

maine pour y faire le cimetière, n'étant pas permis d'enterrer dans les villes, et environ 1183 , Philippe-Auguste fit clore de murs le cimetière de la ville, aujourd'hui des Saints-Innocents qui, vingt-cinq ans après, se trouvait enfermé dans la nouvelle enceinte de la ville, avant son voyage d'Oultre-mer, ce qui alors était sans inconvénient, n'y ayant pas d'habitations. »

On comptait alors qu'on avait inhumé 55,000 cadavres depuis 1725. L'auteur du rapport rappelle l'exemple de la paroisse Saint-Sulpice, qui avait transféré son cimetière rue de *Bagneux,* ainsi que les Pères de la *Charité,* et Saint-Roch qui avait établi le sien à la *Grande Pinte.*

Le commissaire Laumônier, dans un autre rapport (18 novembre 1755), signale une particularité caractéristique de l'époque, il n'avait trouvé dans les maisons de la rue de la Féronnerie qui dataient à peine d'un siècle (1664), que des fosses d'aisances trop peu multipliées, on ne comptait qu'un cabinet par maison et au premier étage (1).

(1) Le bâtiment neuf, du côté de la rue de la Ferronnerie, fut reconstruit sous Louis XIV; on sait

La plupart des villes du Midi sont encore, sous ce rapport, en retard de deux siècles.

En 1762, nouveau rapport du même magistrat, rappelant l'achat fait antérieurement (1750) d'un terrain aux Porcherons, pour y transporter le trop plein des charniers qui *sont encombrés depuis deux ou trois cents ans.*

Le 17 juin 1780, l'infatigable commissaire de ce quartier, qui semblait avoir étudié à fond cette question d'hygiène, proposait d'ouvrir un nouveau cimetière dans le terrain voisin du couvent des Capucins, derrière le Val-de-Grâce : il cite, d'après d'Héricourt (1), le commentateur du décret de Gratien (2) qui combat les inhumations dans les villes par cette raison : « *la loi veut que les corps soient inhumés hors la ville pour qu'elle ne soit pas incommodée par les exhalaisons malsaines.* »

qu'on n'avait oublié qu'une chose à Versailles, les fosses d'aisances, aussi voyait-on le matin les laquais se promener avec le vase de nuit. (Viollet-le-Duc. *Dict. d'architecture.* V. Latrines, VIII, 260.) Les grandes dames se faisaient alors apporter au sermon leur *bourdalou. M. Purgon* était alors en honneur.

(1) *Lois ecclés. de la France,* III, 11.

(2) *Corpus juris canonici,* Dec. II, causa XIII, q. 11.

Dans un mémoire d'entrepreneur (8 juin 1792), signé Coeffier, on voit Viel-Cazal, serrurier, figurer pour la somme de 5,030 livres 16 sous à raison d'ouvrages faits au cimetière des Innocents et aux Halles aux draps et à la farine en 1785, 1786 et 1787. Ce renseignement est puisé aux mêmes sources (1).

La paroisse des Innocents, qu'il est difficile de séparer de son cimetière et de ses charniers, tirait une grande partie de son revenu des immeubles qui attenaient à ces derniers, maisons ou échoppes. « Elle n'a « des habitants que dans trois rues, dit « l'abbé Lebeuf (2), scavoir : la rue de la « Féronnerie des deux côtés. La partie de la « rue Saint-Denis qui est derrière l'église « et accolée au cloître, et le côté de la rue « aux Fers qui touchent aux galeries du « cloître : ce qui forme en tout, à ce que l'on « m'a dit, soixante et deux maisons. »

Lebeuf, qui n'est rien moins qu'affirmatif dans ce passage, a été mal renseigné ; cette paroisse n'avait dans sa censive que trente et une maisons, et avant l'élargissement de la

---

(1) *Arch. de l'Hôtel de Ville.*
(2) *Hist. de la ville et du diocèse de Paris*, I, 85.

rue de la Féronnerie (1669-1670), trente-
huit maisons, boutiques et échoppes, éva-
luées 180,900 livres.

La propriété du cimetière et des charniers
était déjà reconnue au chapitre de Saint-
Germain dans un titre du 18 avril 1449 (1).

Par acte du 5 mars 1574, les marguilliers
s'engagèrent à payer 12 deniers parisis de
cens et 4 sous parisis de rente seigneuriale
une portion du charnier pour établir une
allée conduisant aux chambres du presbytère (2).

D'après un autre titre (29 mars 1589), ils
s'engagèrent à payer 12 deniers parisis de
cens et 4 sous parisis de rente à cause d'une
montée construite sous un charnier « proche
la porte dudit cimetière du costé de la rue de
la Féronnerie. »

Par jugement, confirmé par sentence du
Prévôt de Paris (10 mai 1641), Jacques
Bauger doit au chapitre de Saint-Germain,
12 deniers de cens et 20 livres parisis de
rente foncière pour bâtiments construits,
partie sur les charniers, et est tenu de les

(1) *Arch. nat.*, Saints-Innocents (L, 568).
(2) *Ibid.*

payer en la place de Bellavoyne pour acqui-
sition faite par ce dernier (1).

« *Le Répertoire* (dressé en 1566) *des baulx*
« *à loyer, fruicts des maisons ouvrières et*
« *eschoppes appartenant à l'œuvre et fa-*
« *brique des Saints-Innocens* » nous en
donne le prix de revenu, en voici quelques
exemples.

Échoppes de la rue Saint-Denies *(sic)* contre
le mur de l'église.

1° Une maison contre le clocher *aliàs loge*.
2° Échoppe 2 sols 6 deniers.
3° — 3 — 7 —
4° — 4 — 8 —
5° — 5 — 9 —
6° — 8 — 11 —

Rue de la Féronnerie, quatre maisons (du *Chariot
d'or*, de *la Heuse*, etc.,) xx l.

Plusieurs échoppes entre le mur du cimetière, rue
de la Féronnerie, 24 s. et 21 d.

Une maison rue Frementel, xi l.

Rue de la Féronnerie, maisons : (du *Bras-d'Or*,
du *Singe-Vert*, *Image Sainte-Catherine*, etc.)

La table de ce répertoire est ainsi indiquée :

« *L'Alfabet (sic) du présent livre pour*
« *vouloir chercher le tout sera trouvé à la*

(1) *Arch. nat.*, Saints-Innocents (L, 656).

« *fin du présent livre au commencement*
« *n'étant pas assez expliqué.* »

Ce cahier manuscrit est daté de 1568 (1).

En 1474 le chapitre de Saint-Germain
avait concédé à des particuliers le droit de
bâtir des échoppes de trois pieds au lieu
d'auvents, le long (2) des murs du cimetière.

Le 2 septembre 1786, fut fait en présence
de Serreau, commissaire du Châtelet et des
délégués des Saints-Innocents et de Saint-
Jacques-la-Boucherie, procès-verbal des épitaphes étant en l'église des Innocents, et
contenant « récollement d'icelles sur l'état
« et description desdites épitaphes étant en
« un recueil représenté, lequel procès-verbal
« fait mention que lesdites épitaphes, au
« nombre de 52, ont été numérotées première
« et dernière. »

Les tombeaux et épitaphes furent trans-
férés à Saint-Jacques-la-Boucherie.

Le presbytère situé au coin des rues aux Fers et
Saint-Denis, fut vendu 1787 l. 2 s. 2 d.
La première maison rue de la Lingerie, derrière
le charnier, 1612 l.

(1) *Arch. nat.*, Saints-Innocents (S, 3374).
(2) *Arch. nat.*, Saints-Innocents (S, 3372).

La deuxième, rue Saint-Denis, à gauche en sortant de la rue de la Féronnerie, derrière· le petit charnier, 26,000 l.

La troisième, 49,000 l.

La quatrième, 11,500 l.

La première échoppe, 3,200 l.

La deuxième, 5,560 l.

La troisième, 5,000 l.

La quatrième, 1,440 l.

Une maison, 16,800 l.

En 1764 la recette de la fabrique montait à la somme de 74,726 l. En 1786 elle n'est plus que de 44,295.

Si les recettes sont fortes, fortes aussi sont les dépenses de cette paroisse, l'une des plus petites de Paris.

Un arrêt du Conseil du 15 novembre 1785 avait approuvé la réunion de la paroisse des Saints-Innocents à celle de Saint-Jacques-la-Boucherie; ce n'avait pas été sans réclamation des expropriés; un concordat eut lieu le 18 août 1786 entre les parties intéressées, et le 16 novembre suivant, l'archevêque de Paris, *Leclerc de Juigné,* lançait une ordonnance pour approuver au spirituel les effets de cette réunion et lui donner la sanction canonique.

Puisqu'on est sur le chapitre des ventes et démolitions, il n'est pas hors de propos de signaler un rapprochement. Dans l'extrait des dépenses faites au Louvre sous Charles V, on lit :

A Thibault de la Nasse, marguillier de Saint-Innocent, pour dix tumbes dont l'on a faict marché en la grand viz (escalier) neuve dud. Louvre; achetée de li, chacune tumbe pris au cimetière dudit Saint-Innocent, à xiiii s. p. par quittance vii l. p.

A Jean de Vaux, voicturier, pour avoir amené xi tumbes prises à Saint-Innocent par marché pour la grand viz neuve, xxiiii s. p.

Un homme et son tombereau, vi s. p., par fois, vi s. vi d. p. (1).

Une remarque assez curieuse à faire, c'est qu'en 1785, lorsqu'on démolit les charniers, les matériaux furent vendus sur place pour servir aux constructions du Louvre. Ainsi au xviiie siècle, comme au xive, on dépouillait les morts pour construire des palais aux vivants.

Décrire les nombreux monuments qui ornaient ce cimetière serait vouloir recommencer ce que la *Statistique monumentale* de M. Albert Lenoir a si bien exécuté.

Il faut dire un mot du principal d'entre eux, appelé mal à propos le *Préchoir*. Les

(1) Leroux de Lincy, *Dépenses faites au Louvre.*

archéologues sont convenus d'y reconnaître une lanterne des morts entretenue de nuit par les fidèles pour honorer la mémoire des *dé-funts inconnus,* non moins que celle de leurs parents. Le lecteur verra plus bas que nulle part ailleurs n'était poussé plus loin le culte pour les morts.

Il n'entre pas non plus dans le cadre de cet ouvrage de s'occuper des recluses, ni de leur logette; pour la même raison, on n'a pas à mentionner les nombreuses épitaphes, si curieuses au point de vue historique, héraldique et municipal. Il suffira d'en citer deux des plus intéressantes au point de vue parisien.

L'abbé Lebeuf (1), dont nous imitons la réserve sur ce sujet, cite, entre autres personnages célèbres inhumés aux Innocents, *Jean le Boulanger,* premier président du Parlement de Paris, mort en 1482. Sauval nous apprend qu'il était enterré sous le charnier des Écrivains, et qu'il dut ce surnom à cause d'une grande quantité de farine qu'il fit entrer dans le royaume en temps de disette. La reconnaissance publique le dé-

(1) *Hist. du diocèse de Paris,* I, 209.

nomma le *Boulanger*, ce qui fit oublier son nom patronymique. Voici son épitaphe :

« Cy-dessous gist noble et sage messire Jean le Boulanger, chevalier, premier président en la cour de Parlement, seigneur de Jacqueville en Gastinois, Isles et Montigni en Brie, qui trespassa le 24 février M CCCC LXXXI (1). »

D'un autre genre est celle de Néret, échevin de Paris, qui, avec son collègue Langlois, le prévôt Lullier et le gouverneur de Paris, le marquis de Brissac, rendirent cette ville à Henri IV, le 21 mars 1495. Cette épitaphe marque : qu'*étant échevin, il a fait service au roy* (Henri IV) *pour la réduction de cette ville de Paris*, et constate qu'il mourut de vieillesse. Cet éloge est naïf; il n'y manque que de mentionner le prix de sa complaisance, chose qui n'était pas rare alors, s'il faut en croire l'histoire et un poëte ligueur :

Pour être bien venus et faire nos affaires
Durant ce temps fâcheux, pleins d'horribles misères,
Agnoste, mon ami, scais-tu que nous ferons?
Surprenons quelque place, et puis nous traiterons.
Ceux qui vendent au roy par ces guerres civiles,

(1) Sauval, I, p. 727.

A beaux deniers comptants, les places et les villes,
Encore à mon avis lui font-ils bon marché;
Car pour un peu d'argent s'exposant aux envies,
Ils vendent quand et quand leur honneur et leur
[vie (1).

Les imprécations du poëte ne sont-elles pas dictées par le dépit? Elles n'eurent pas les suites funestes souhaitées par lui aux royalistes, au moins pour Néret qui mourut de vieillesse, dans son lit, comme il convient à un bon et tranquille bourgeois.

(1) Pouy, *Hist. de la Ligue à Noyon*. Amiens, 1868.

II.

LES CHARNIERS DES INNOCENTS.

PHILIPPE-AUGUSTE ayant fait clore de hautes murailles le cimetière des Innocents, il ne pouvait s'étendre, force fut donc de le creuser profondément.

A mesure que l'on ouvrait de nouvelles fosses sur un terrain déjà utilisé, on trouvait des ossements, la décence et la religion faisaient un devoir de les traiter avec respect, de les mettre en un lieu convenable : ce fut l'origine de nos charniers.

Ce mot *charnier*, qui vient de la basse latinité, est essentiellement parisien dans l'acception propre et particulière qu'il a conservée, comme accessoire et complément de cimetière. Au XIIIe siècle, Durand de Mende n'en parle pas (1). Cependant Raoul Glaber (xie siècle) nous apprend « qu'ils furent bâtis dans la famine par de pieuses âmes pour enterrer les morts. » — « Carnario, qui locus « infrà septa ecclesiæ illius ossa continet mor-« tuorum. *Chronicon mauramencenti* (2). »

Du Cange cite des exemples tirés du latin et de l'espagnol où ce mot a le sens générique de cimetière ; puis une charte de 1327, on y lit : Pour les frais, charges et entretien de l'œuvre des SS. Innocents et de son charnier : « Ad opus retentionis ac supportationis one-« rum Ecclesiæ SS. Innocentium et charnerii « ejusdem, etc. (3) » Enfin les exemples suivants avec le sens du charnier, cimetière :

En un *carnel* cumandez que hom les port.

> *Chanson de Roland*, 208, 5.

Ad un *carner* sempres les unt portet.

> *Chanson de Roland*, 209, 4 (4).

(1) *Rational des divins offices*, l. I, ch. v, n° 12.

(2) Ms. de Sainte-Palaye, *Ant. franç.*, Bibl. de l'Arsenal.

(3) Du Cange, *Glossarium, mediæ et inf. latin.*, v° Carnarium.

(4) Du Cange, *Glossaire français*, v° Carnel, Carner.

Raynouard donne le même sens aux exemples qu'il cite :

En l'armier
S'en vai l'arma et la carn au carnier.

L'âme s'en va au repos des âmes et la chair au charnier (B. Carbonnel de Marseille. *Per espassar*) (1).

Un auteur du xive siècle parle du charnier des « espreviers lesquels on peut trouver et aparcevoir tant par leurs aires comme par leurs *charniers* (2). » Il donne ensuite les noms des ongles de cet oiseau de proie : « le *charnier* est celui du quatrième doigt (3). »

Du xie siècle, où le mot latin a pris une forme française, il a peu varié, mais avec l'usage il a disparu au xviiie siècle. Voici la définition qu'on trouve de ce terme au siècle dernier :

« Galerie ou portique qu'on pratiquait autrefois autour des cimetières des paroisses, où on enseignait le catéchisme, et dans les combles de laquelle on mettait les os décharnés

(1) *Lexique roman,* vo Carn.
(2) *Ménagier de Paris,* II, 284.
(3) *Ménagier de Paris,* II, 294.

des morts. On en mit à différentes paroisses de Paris (1). »

Terminons par la plus récente :

CHARNIER : cimetière, lieu où les morts sont déposés; sens tombé aujourd'hui en désuétude. — Galerie autour des églises, à Paris, où l'on donnait la communion aux grandes fêtes. — Dépôt des os exhumés des charniers ou cimetières. — La pile même des ossements. » (2).

Du respect pour les morts est venu l'usage de recueillir leurs restes. Les païens brûlaient les cadavres, les chrétiens les inhumaient : quand on en rencontrait, comme aux Innocents, on les plaçait dans un lieu décent : un appentis, une chapelle, les combles d'un cloitre ou d'une église. Ce sentiment est général, on le trouve dans tous les pays catholiques, mais ce qu'il faut constater ici, c'est que l'établissement des galeries funéraires monumentales, spécialement destinées à recueillir les ossements d'un cimetière, est particulier à Paris. Les deux définitions qui précèdent le démontrent assez; l'histoire est là pour le

(1) Roland le Virloys, *Dict. d'architecture.* Paris, 1770.

(2) Littré, *Dict. de la langue française.*

constater. Paris comptait six églises dont les cimetières étaient entourés de galeries vastes, fermées de riches vitraux et décorées de somptueux monuments élevés à la mémoire des ancêtres, et huit autres d'une moindre importance : une des dernières bâties, — Saint-Philippe du Roule — tenait à avoir son clocher et son *charnier* en miniature (1).

Une étude de ces monuments nous a permis de constater à une époque déterminée la naissance de cet usage à Paris sans avoir pu découvrir ce qui avait dû y avoir donné lieu immédiatement; puis des modifications successives, partant d'en haut et s'étendant aux plus humbles, qui semblent avoir été amenées par chaque siècle. (Où la mode va-t-elle se nicher!) A la tête du mouvement se plaçaient les charniers de Saint-Paul, longtemps le cimetière aristocratique, et le charnier des Innocents, le cimetière populaire. Nous n'avons à nous occuper que de ce dernier : c'est lui, du reste, qui a donné l'impulsion et qui sut conserver la suprématie en ce genre.

A quelle époque précise commença-t-on à

(1) L'abbé V. Dufour, *les Charniers des églises de Paris*. (Sous presse.)

élever des appentis à l'intérieur du mur de Philippe-Auguste? Il est difficile de le préciser. A des constructions légères ont succédé des voûtes construites au milieu du xive siècle, sur un même alignement, mais non sur un plan uniforme ni simultanément, par suite de divers dons et legs, isolément et sur divers points, dans un but de piété pour les morts. C'est ce qui va ressortir des extraits suivants faits aux divers épitaphiers de ce cimetière.

On se rappelle qu'il y avait quatre galeries : le *Petit-Charnier* ou *Charnier de la chapelle de la Vierge*, le long de la rue Saint-Denis, borné par l'église ; le *Vieux-Charnier*, sur l'alignement de la rue aux Fers ; le *Charnier-des-Écrivains*, en face du petit Charnier et de l'église ; le *Charnier-des-Lingères*, parallèle au Vieux-Charnier.

Sur la troisième arcade de la rue de la Féronnerie on voyait les vers suivants, seuls lisibles, d'une inscription :

> Mil trois cent soixante-six sans faille
> Et à tous autres bienfaiteurs
> Dieu doint qu'à leur salut leur vaille
> Et de ce lieu-cy visiteurs.

L'écu de la voûte était burelé à un bâton en bande, le nom effacé.

En suivant l'ordre chronologique on trouve :

Bertrand de Rouen († 1387) et Jacqueline, sa femme, fondateurs d'une arcade. († 1386.)

Nicolas Flamel et sa femme Pernelle, qui décorent plusieurs arcades en 1389, 1398 et 1418.

Le nom de Nicolas Flamel est intimement lié aux charniers des Innocents, dont il fut un des bienfaiteurs, et à Saint-Jacques la Boucherie, où il fut inhumé. Il fit plusieurs constructions distinctes aux Innocents. Une des voûtes ou arcades, du côté de la rue de la Lingerie, a été élevée par Flamel, du vivant de sa femme Pernelle (1389). On y voyait son chiffre.

« On était alors arrivé, dit l'abbé Villain,
« à cette partie des charniers que l'on bâtis-
« sait successivement et comme il paraît aux
« dépens des riches bourgeois de Paris, qui
« se faisaient un devoir d'y contribuer comme
« à une œuvre de religion. A la plupart des
« voûtes on voit les armes ou les chiffres des
« citoyens qui les ont fait élever. »

« Une, entre autres, qui est la cinquième
« du côté de la rue de la Lingerie, et au-
« dessus de celle de Flamel, est chargée de
« l'écusson de Nicolas Boulard (1) ».

Pernelle fut enterrée sous le Petit-Charnier (✝ 1418). Autour du tombeau on avait
gravé, sur des tables de marbre, les vers suivants :

> Les povres ames trespassées
> Qui de leurs hoirs sont oubliées,
> Requièrent des passants par cy
> Qu'ils prient à Dieu que mercy
> Veuille avoir d'elle et leur fasse
> Pardons et à tous doint sa grâce.

> L'église et les lieux de céans
> Sont à Paris moult bien séans,
> Car toute povre créature
> Y est reçue à sépulture
> Et qui bien y fera sera mis
> En paradis et ses amis.

> Qui céans vient dévotement
> Tous les *lundis* ou autrement,
> Et de son pouvoir y fait don,
> Indulgence a et pardon,
> Écrits céans en plusieurs tables (2),
> Moult nécessaires et profitables.

(1) *Histoire de Nicolas Flamel et de Pernelle*,
Paris, 1757.
(2) On ne trouve nulle trace de ces indulgences.

Nul ne sait que tels pardons vaillent
Qui durent quand d'autres vous faillent.

> De mon paradis,
> Pour mes bons amis,
> Descendu jadis
> Pour être en croix mis.

La confrérie de la Sainte-Trinité était dans l'usage alors de faire une procession dans le cimetière des Innocents.

Sauval (*Recherches et antiq. de Paris*, III, 421) mentionne la confrérie des maîtres et gouverneurs de la confrérie du Père, du Fils et du Saint-Esprit et la sainte procession que l'on fait tous les *lundis* de l'an autour du cimetière des Saints-Innocents à Paris, aux marchands freppiers de la ville de Paris.

Une épitaphe de 1402 en fait également mention :

> Icy gist d'Orchies Guillaume
>
> . . . .
> Et duquel li exequatour
>
> . . . .
> Et ont cinquante sols de rente
> Perpétuelle et bien payée.
> Si à la confrérie laissé.
> Qui en tout cestuy cimetière
> Se faict par ordre coutumière
> Par les frères tous les lundis
> Qui seront chacun an pris.

Était-ce par allusion à cet usage que Flamel, qui favorisait les artistes et choisissait les sujets de dévotion apparents, avait fait représenter une procession sur une arcade de la rue de la Lingerie et au-dessous ces vers :

> Moult plaist à Dieu procession
> Si elle est faite en dévotion.

Mathieu d'Auteville et sa femme *Martine* († 1396) fondent ce *présent charnier* (xii° arcade), « avec le résidu de leurs biens *font achever et refaire les vieux charniers,* » et demandent des prières pour leurs âmes et *tous les trépassés.*

Pierre Pothier, pelletier et bourgeois de Paris, qui fit faire ce charnier (xviii° arcade) avec *Pernelle*, sa femme, en 1398, « en « l'honneur de Dieu, de la vierge Marie et de « tous les benoits saints et saintes du para-« dis, *pour y mettre les ossements des* « *loyaux trespassez.* »

Du côté de la Féronnerie, en la terre de MM. les doyen et chanoines de Saint-Germain l'Auxerrois, seigneurs fermiers et propriétaires desdits cimetière et charniers des SS. Innocents (1).

« Ce *charnier* fut fait et donné à l'église « pour l'amour de Dieu, l'an mil trois cent « quatre-vingt-dix-neuf. Priez Dieu pour les « trespassez. »

Jacques Dourdin († 1407) *fit refaire en son temps ce charnier* (Vieux-Charnier des Écrivains), avec sa femme et ses aïeux.

(1) *Arch. nat.*, Saints-Innocents (L, 568).

Les exécuteurs testamentaires d'*Arnould Estable* († 1409) « *font faire du résidu de* « *ses biens ce charnier* (IIᵉ arcade), *pour hé-* « *berger les os des pauvres trespassés.* »

« Moult volontiers, rapporte l'historien de « Boucicaut († 1421), qui écrivait vers 1408, « de son vivant, aussi ayde à secourir cou- « vents et églises... Si comme il appert en « maint lieu et mesmement à Sainct-Inno- « cent, à Paris, auquel lieu, par l'argent qu'il « a donné, sont faicts les *beaux charniers* « qui sont autour du cimetière, vers la Drap- « perie. » (1).

Guillaume Tireverge, bouteiller du roy († 1482), et *Jeanne,* sa femme († 1405), « *fon-* « *dent ce charnier* (IXᵉ arcade), *pour y mettre* « *les ossements de tous les trépassés qui ont* « *été ou seront enterrés au cimetière de* « *céans.* »

Partout cette pensée pieuse, qui était en même temps un enseignement. En faisant sculpter au portail de l'église, en 1408, le dit des *Trois Morts et des Vifs,* Jean, duc de Berry, obéissait certainement à l'impulsion

(1) *Vie de Boucicaut,* édit. Godefroy, l. IV, ch. II, p. 360. Paris, 1620.

(2) *Arch. nat.,* Saints-Innocents (L, 568).

commune ; il peut passer pour un des bienfaiteurs de l'église, qui dut recevoir en même
temps une fondation pieuse ; mais il le fut
incontestablement, quand il fit, à ses frais,
peindre, sous le charnier de la Féronnerie, la
dance macabre, quel grand seigneur pouvait
alors faire cette dépense ? Son exemple ne
contribua pas peu à exciter les bourgeois de
Paris à embellir et décorer leur principal cimetière.

A notre avis, la légende sculptée des *Trois
Morts et des Vifs*, imitation française du
Triomphe de la Mort, d'Orcagna, au Campo
Santo de Pise, est, par sa date, la préface de
la *Dance macabre*, peinte seulement de 1424
à 1425 ; comme drame elle en est, au contraire, l'épilogue, l'explication, le couron-
nement.

Le *Journal d'un Bourgeois de Paris sous
Charles VI* nous a donné la date de l'exécution de cette fresque. Un autre passage de
cette même chronique nous apprend où elle
était placée.

En 1429, à propos du frère Richart, il
s'exprime en ces termes : « *Item*, environ
« huit jours après la saint Ambroise (4 avril)
« vint à Paris un cordelier nommé frère Ri-

« chart, homme de très-grande prudence,
« sçavant à oraison, semeur de bonne doc-
« trine, pour édifier son proxime (prochain),
« et tant y labouroit (travaillait) fort, que en-
« vie le crevoit qui ne l'auroit veu : car tant
« comme il fut à Paris, il ne fut qu'une jour-
« née sans faire prédication, et commença le
« samedy seizième d'avril 1429, à Sainte-
« Geneviève, et le dimanche ensuivant, et
« la sepmaine ensuivant ; c'est assavoir le
« lundy, le mardy, le mercredy, le jeudy, le
« vendredy, le samedy, le dimanche aux In-
« nocents, et commençoit le sermon environ
« cinq heures au matin, et duroit jusque en-
« tre dix et onze heures, et y avoit toujours
« quelques cinq ou six mille personnes à son
« sermon, et étoit monté, quand il preschoit,
« sur un haut eschaffault qui estoit de près
« de toise et demie de hault, le dos tourné
« *vers les charniers encontre la charron-*
« *nerie, à l'endroit de la Dance macabre.* »

Ce texte se trouve confirmé par un passage
de l'*Epitaphier de Paris* (1), qui donne l'état
des charniers des Innocents arcade par arcade. Arrivé à la XVIIe il s'exprime ainsi :

(1) *Collection Clérambault,* Cabinet des manuscrits, fonds français, n° 8220.

« Icy commence la *Dance macabre*, qui
« dure dix arcades, en chacune desquelles il
« y a six huitains, dont le premier cy-après ;
« les quatre dernières arcades en ont huit :

« O créature roysonnable, etc. »

Le *Petit-Charnier* contenait quatre arcades, le *Vieux-Charnier* dix-neuf, celui des
Écrivains dix-sept, celui des *Lingères* vingt-
cinq. Primitivement il devait en compter
deux ou trois de plus ; mais dans la recons-
truction sous Louis XIV on répartit sur l'ensemble l'espace des arcades supprimées.

Une ordonnance de Henri II, du 14 mai
1554 (1), sur le fait de la voirie, ordonne
l'élargissement de la rue de la Féronnerie.
Cinquante-six ans, jour pour jour, après la
date de cette ordonnance, Henri IV était assassiné en cet endroit (2). Ce ne fut que cin-
quante-neuf ans plus tard (1669) que l'on
démolit le charnier des Lingères, et que l'on
le reconstruisit tel que nous le voyons aujourd'hui, formant le côté septentrional de la
rue de la Féronnerie. Les anciennes galeries,

(1) Fontanon, *Édits des rois de France*, I, 843.
(2) A. Franklin, *Estat des rues de Paris en 1636*,
p. 29.

transformées la plupart en boutiques, sont
occupées par des marchands de vins où se re-
tirent la nuit les marchands de la halle et les
maraîchers en attendant l'heure de la vente.
Ce bâtiment, du côté de la rue Saint-Denis,
n'a pas été modifié ; à l'extrémité opposée on
a détruit la maison d'angle, qui présentait,
comme la première, une terrasse. Un couloir
desservait, dans le sens de la longueur, toutes
les maisons. Comme il était obscur, et qu'il
servait de retraite la nuit aux vagabonds et
aux débauchés, on le supprima ; les maisons
avaient, d'ailleurs, leur entrée sur la rue. La
porte bâtarde qui était au milieu fut élargie
pour former deux guichets, puis les quatre
arcades que l'on voit aujourd'hui.

Intérieurement, les galeries se composaient
d'arcades, sous lesquelles on pouvait d'ordinaire circuler, ayant communication de l'une
à l'autre, surtout au midi. Au nord, cette
circulation paraît ne pas avoir existé ; à
l'ouest, elle n'était pas interrompue par les
chapelles en saillie sur le *Parterre*; à l'est, le
Petit-Charnier servait de communication
entre la ville et l'église.

Chaque arcade, qui représente assez exactement nos concessions à perpétuité sur-

montées d'une chapelle, appartenait à une
famille qui avait le droit de fouiller le sol
aussi profondément qu'elle voulait : il suffi-
sait de lever une dalle. Avec le temps, les
murs, à l'intérieur comme à l'extérieur,
s'étaient couverts d'épitaphes, pierres-levées,
tableaux, bustes, peintures, armoiries, objets
de piété. Le fond de la galerie de la charronnerie avait reçu les peintures de la *Dance
macabre*; mais avec le temps, et sous l'influence d'un climat brumeux et des miasmes
du cimetière, elles s'altérèrent. Cependant,
lors de la démolition de cette galerie (1),
elles étaient encore visibles, puisque le co-
piste de la collection Clérambault en constate
l'existence, mais elles étaient démodées, partant méprisées.

Au-dessus des portiques ou galeries se trouvaient des galetas, les véritables charniers,
couverts d'un toit en tuile qui reposait du côté
du cimetière, non sur le mur de la galerie,
mais sur de courts piliers de bois, qui lais-
saient des intervalles à claire-voie entre la
toiture et les voûtes. Tout cet espace était
comblé d'ossements. La pente du toit était

(1) Avant 1669.

intérieurement interrompue çà et là par de
hautes lucarnes sans vitre formées de poutres
et trilobées au sommet de leur ouverture,
forme gothique, dit M. Bonnardot, qu'elles
n'ont plus sur les dessins du xviiie siècle (1).
Les os, ainsi exposés à tous les courants d'air,
devaient promptement achever de se dessécher et se réduire en poudre. En plusieurs
endroits même la toiture était dépourvue de
tuiles.

Une miniature du manuscrit de Juvénal
des Ursins (xve siècle) (2), brûlé en mai 1871,
avec la bibliothèque de la ville de Paris, représentait une inhumation dans le cimetière
des Innocents. Au-dessus des galeries on
voyait déjà ces galetas ou pourrissoirs pleins
d'ossements, que l'on retrouve dans la gravure reproduite par M. Albert Lenoir (3),
d'après un dessin de Bernier (1784).

Entre 1449 et 1643 on trouve diverses
permissions de bâtir au-dessus des charniers
et des portes du cimetière, moyennant cens

(1) *Iconographie du vieux Paris,* Les Innocents.
Revue universelle des Arts, t. V, p. 140.
(2) N° 8, p. 200.
(3) *Statistique monum.,* Cimetière des Innocents,
pl. xvii.

et rente (1). Louis de Creil obtient, par acte du 23 octobre 1543, le droit d'entretenir une lampe sous le Petit-Charnier (2).

Un des plus vastes emplacements de Paris, au centre de la ville, près des halles, le cimetière, servit de lieu de réunion en maintes circonstances qu'il serait trop long d'énumérer.

On a vu le frère Richart y prêcher. En 1450, « douze mil enfants s'y réunirent pour aller en procession à Notre-Dame, avec cierges, pour rendre grâces à Dieu de la vic · toire de Formigny, remportée sur les Angloys (3). »

Alors on y voyait souvent « les alchymistes, « par bandes et régiments comme étourneaux, « se promenant aux cloîtres Sainct-Inno- « cent, à Paris, avec les trépassés et secré- « taires des chambrières, visitant la *Dance* « *marcade,* poëte parisien, que ce savant et « belliqueux roy Charles-le-Quint y fist pein- « dre, où sont représentées au vif les effigies « des hommes de marque de ce temps-là, et

(1) *Arch. nat.,* Saints-Innocents (L, 550).
(2) *Arch. nat.,* Saints-Innocents (S, 3372).
(3) Corrozet, *les Antiquités de Paris.*

« qui dansent en la main de la mort (1). »

De ce passage, il n'y a d'exact que le concours des alchimistes au tombeau de Flamel, et probablement que les figures de la *Dance macabre* étaient des portraits historiques.

Villon fréquentait le cimetière et le charnier des Innocents, témoin ses propres vers; dans la ballade des *Neiges d'Antan*, il dit :

> Quand je considère ces testes
> Entassées en ces charniers :
> Tous furent maistres des requestes,
> Ou tous de la Chambre aux deniers..

Déjà, à cette époque (xvie siècle), on avait coutume d'accorder la permission d'étaler et de vendre sous les charniers des images et des livres de dévotion. Il s'en suivit des abus, car on trouve plusieurs défenses de vendre ces objets précédemment autorisés (1629) (2); plus tard, une autre défense de faire promenade dans les cimetières et charniers (10 avril 1638), puis une nouvelle (novembre 1662) d'y établir des jeux et des étalages sous peine

(1) Noël du Fail, *Contes d'Eutrapel,* chap. x, 195, 1852.

(2) *Arch. nat.,* Saints-Innocents (L, 550).

de prison; ce qui n'empêcha pas les fripiers et
lingères de s'y établir, et les écrivains d'y
installer leurs échoppes, au point que le charnier qu'ils choisirent reçut le nom de leurs
professions.

Presque aussitôt remplis que bâtis, les
charniers furent bientôt trop étroits, ce qui
n'empêcha jamais les vivants, le voisinage
des halles aidant, de venir disputer aux morts
le peu d'air et d'espace qu'ils contenaient.
Commerçants de toutes sortes, juifs et bre-
landiers s'y installèrent; les promeneurs y
vinrent respirer sans crainte l'atmosphère
mortelle dont les historiens de 1786 nous ont
rapporté les effets désastreux. Les écrivains
publics, sans doute en l'honneur de Flamel,
leur collègue, y avaient fait élection de do-
micile de temps immémorial; ils y composaient leurs épîtres hétéroclites, trop souvent
profanes, sans souci des enseignements que
le lieu, les recommandations funèbres et la
Dance macabre leur donnaient.

Au siècle dernier, le scandale était si grand
qu'un publiciste, qui n'était pourtant pas
rigoriste, s'étonnait « que dans ces galeries,
tombeaux des riches, passages pour les pié-
tons, contenant, en outre, des boutiques de

lingerie et de modes, ainsi que des échoppes d'écrivains publics, on pût, au milieu d'une telle cohue, procéder à une inhumation. »

Il ne fallut rien moins que la fermeture du cimetière et la démolition des charniers, pour faire cesser cet état de choses. Devenu marché public, l'ancien cimetière conserva cette destination jusqu'à la construction des Halles centrales. On l'a depuis converti en jardin public, au milieu duquel on a placé la fontaine de Jean Goujon. Les charniers ont été démolis ; les monuments qu'ils contenaient dispersés, vendus, convertis en chaux, à peine en trouverait-on trace. Seul, le charnier de la Féronnerie a été épargné, grâce aux maisons qui l'accompagnaient, et après avoir subi une métamorphose complète.

Lors de la démolition de l'église des SS. Innocents, elle renfermait cinquante-deux dalles funéraires qui fûrent transportées à S.-Jacques-la-Boucherie, le cimetière en contenait environ quinze cents, déposées, d'après Héricart de Thury, à la *Tombe-Issoire* (1), elles furent dispersées pendant la Révolu-

(1) Héricart de Thury, *Description des Catacombes,* p. 184.

tion. M. Paul Lacroix se souvient d'en avoir vu plusieurs fort belles à la maison de campagne de Guilbert de Pixérécourt, à Nogent-sur-Marne. Droz l'aîné avait sauvé en 1790 un charmant médaillon, représentant une tête de jeune fille avec cette inscription : MARIE GOUJON MDLXXI, qui devait se trouver dans les collections du Louvre, où nous l'avons vainement cherchée (1).

Nous avons donné ailleurs, dans nos *Charniers des églises de Paris*, la description des monuments qui décoraient les charniers : sculptures, peintures, monuments, armoiries, nous ne parlons ici que de la *Dance macabre*, la principale curiosité de la nécropole parisienne. C'est par cette fresque célèbre que nous terminerons cette introduction.

(1) *Magasin pittoresque,* 1863, p. 17.

III.

LA DANCE MACABRE.

O N sera peut-être étonné de lire *dance*, ce n'est pas une faute. Brunet, dans son Manuel (III, *1702*), cite la Dance (sic) aux Aveugles écrit trois fois de cette manière dans la colonne *1701*, il ne pouvait ignorer que c'est la bonne orthographe jusqu'au xviiie siècle ; dans une autre publication (1) nous avons expliqué, d'après les textes contemporains, le sens de ces mots. Sans rentrer dans le détail, nous allons résumer la question.

Au xive siècle, la langue française s'essayait, l'orthographe n'était pas encore fixée

(1) *Recherches sur la Dance macabre*, 1873.

pour certains mots ; cependant, pour celui de *dance,* on le trouve presque toujours écrit avec un *c.* Gerson, le *Journal de Paris sous Charles VI,* Guillebert de Metz, n'écrivent guère autrement. Cette forme est encore employée par Molière et se retrouve dans l'anglais qui l'a emprunté au vieux français.

Il est bon de remarquer que ce mot de dance avait alors un sens beaucoup plus étendu que maintenant ; les textes des écrivains de cette époque, et en particulier du *Journal de Paris sous Charles VI et Charles VII,* cités ailleurs, prouvent qu'au xve siècle on le prenait dans une acception plus générale : il signifiait ce qu'en style militaire on nomme un défilé, en langage liturgique une procession ; pour un musicien, il correspond à l'idée de ronde, branle ou bourrée, c'est la *théorie* antique que l'on a traduite par *chorea* (danse) bien improprement, mais toujours avec l'idée de multitude ; c'est le *turba* des Latins, à la fois employé au singulier et au pluriel. Enfin, ce mot dance, dans les auteurs de l'époque, entraîne presque toujours après lui le sens de malheureux, funeste, terrible.

L'orchestre ou les musiciens ajoutés aux premières éditions de Guyot Marchant ont contribué à égarer l'opinion. Autre preuve : le moine anglais John Lydgate, qui a traduit mot à mot les vers de la Dance des Innocents, les avait placés, au cloître de Saint-Paul de Londres (1), sous une fresque qui représentait un personnage de chacune des conditions de la vie, donnant le bras à la Mort et se suivant comme des voyageurs sur un chemin.

Quant au mot *macabre*, on s'est mis trop en frais d'imagination pour une chose qui s'expliquait bien naturellement. Nous ne sommes plus au temps où l'on se croyait hardi en affirmant qu'il n'était ni le nom d'un poëte ni celui d'un peintre d'une dance des morts. Ce mot est une des conquêtes de l'esprit français : il nous vient en droite ligne des croisades ; il a été emprunté aux langues de l'Orient ; il a son étymologie dans l'hébreu : *machabé*, qui signifie *la chair quitte les os*, a son dérivé en arabe *maqbarah*, *maqbourah* et *maqhabir*. Par corruption *macabre* signifie cimetière ; la Dance macabre est donc la dance du cimetière, et par extension la dance des morts.

Le savant Van Praët avait le premier si-

(1) *Monast. angl.*, III, 367.

gnalé cet emprunt fait à la langue arabe. Peignot, Langlois ont adopté son sentiment, MM. de Longpérier et Ed. Fournier se sont rangés de son avis. M. Pihan (1) leur donne raison en faisant dériver de l'arabe *maqbarat,* pluriel *maquabir* (lieu de tombeau, cimetière), l'adjectif français *macabre;* étymologie aussi ingénieuse que vraisemblable, le mot correspondant à l'objet et exprimant l'idée.

On a dépensé beaucoup d'esprit pour expliquer d'une manière plausible ce mot, qui existe encore dans le langage usuel des gens de rivière, et par extension des canotiers, qui affectent de leur emprunter leur langage ; un *machabé* est tout être, homme ou animal, privé de la vie, qui nage sur l'eau. La proximité du temps des croisades, le voisinage de la Cour des miracles, cette autre tour de Babel, la propension des gens du peuple à corrompre les mots qu'ils ne comprennent pas, la confusion qui a pu s'établir entre une locution empruntée à une langue étrangère et un nom propre, celui des héros de la Judée, souvent cité en chaire, a pu contribuer à égarer l'opinion sur le sens et l'origine de

(1) Pihan, *Glossaire des mots français tirés de l'arabe,* etc. Paris, Impr. impér., 1856.

ce mot, et à amener les savants dans une confusion qu'on ne s'explique que par une espèce de parti pris.

Après avoir déterminé le sens exact des mots *dance* et *macabre*, il faut encore déterminer la *priorité* de la Dance macabre des Innocents sur ses analogues ou congénères, et expliquer dans quelles conditions elle se développa.

L'idée générale de la mort, nivelant toutes les conditions, est de tous les pays et aussi ancienne que le monde ; mais, il faut le dire, aussi consolante que la religion qui l'inspire.

Quant à la forme, il n'en est pas de même ; on peut dire, sans crainte d'être contredit, que la Dance des Innocents est la première en date qui a développé ce thème dans la forme que nous connaissons, forme qui elle-même a été adoptée, imitée et commentée à l'infini. Pour être exact, il faut ajouter que cette idée elle-même a subi les lois de la perfectibilité humaine et les évolutions du progrès, comme on le verra par le suite.

Est-il question de la Dance macabre des Innocents, on objecte sérieusement que celles de Minden et d'Holbein ont servi de modèle à la première, sur le témoignage de Fabri-

cius (1), qui cite sans détails une dance
des morts à Minden, en Westphalie, faite
en 1383, et que l'on avait jusqu'à présent
regardée comme la première de toutes (2),
mais que M. Ellisen (3), après Fiorillo, croit
n'être qu'une allégorie de la *Vie et Trépas*,
représentée sur une bannière à double face.

Il est permis, en bonne critique, jusqu'à
preuves plus positives, de récuser cet exemple, ayant à lui opposer des faits et des
dates.

Un mot détruit l'autorité qui s'attache au
nom d'Holbein, né en 1498, mort en 1554;
il est l'auteur de l'*Alphabet de la Mort*, non
de la *Dance de Bâle*, qu'on lui attribue,
puisqu'au témoignage de Mérian, qui la
grava en 1649, elle fut peinte en 1439.

« La connaissance de la Dance macabre
« ne va guère chez les gens du monde au delà
« de cette notion, dit Langlois, qu'à Bâle il

---

(1) *Bibl. lat. mediæ et inf. ætatis*, t. V, p. 2.
Hamb., 1736.

(2) Langlois, *Essai hist. sur les danses des morts*,
I, 195.

(3) *De l'architecture religieuse et des danses des
morts*. Leyde, 1844.

« existait une peinture de ce nom ; Jean
« Holbein en était, dit-on, l'auteur, et cette
« croyance, démontrée fausse, aussi bien par
« l'histoire que par de graves discordances
« chronologiques, n'en est pas moins restée
« dominante jusqu'à nos jours, malgré les
« preuves contraires qu'en ont données quel-
« ques savants, et surtout M. Peignot (1). »

Les dates de 1383, pour la Dance de Minden, qui n'est pas justifiée, celle de 1439,
pour la fresque de Bâle, n'infirment donc en
rien la priorité de la Dance des Innocents,
puisque nous connaissons exactement la date
de cette composition, qui remonte à 1424.

L'auteur anonyme de la chronique connue
sous le nom de *Journal d'un Bourgeois de
Paris sous Charles VII*, s'exprime ainsi :

« *Item,* l'an iiijᶜxxv fut faicte la Dance
« macabre à Saint-Innocent, et fut com-
« mencée environ le moys d'aoust, et achevée
« ou carême ensuivant. »

Un auteur contemporain, *Guillebert de
Metz,* écrivait en 1436, dans sa *Description
de Paris,* au chapitre des Innocents :

« Illec sont paintures notables de la Dance

(1) *Essai hist.,* etc., t. II, p. 159.

« macabre, avec escriptures pour esmouvoir
« les gens à dévocion. »

Ces deux témoignages concordants prouvent l'existence de la Dance macabre et sa réalité, comme peinture, non comme sculpture, et représentation scénique ou procession lugubre.

A quelle occasion fût exécutée cette célèbre peinture, dont nous allons brièvement retracer l'histoire?

Avec le xive siècle n'étaient pas finis les malheurs de la France; « le triste xve siècle » lui succédait, « âge de fer et de sang (1). » La Dance macabre a été exécutée entre les deux sanglants éclairs qui sillonnent le règne, d'ailleurs si sombre et si orageux, de Charles VI. Le premier, c'est l'assassinat du duc d'Orléans, en 1407; le second, c'est le meurtre de Jean-sans-Peur, en 1419. La fresque des Innocents doit son origine au premier de ces deux événements (2).

Au lendemain du meurtre, une sourde rumeur s'éleva dans Paris, pour demander justice et désigner la main qui avait payé les as-

(1) Duc d'Aumale, *Discours de réception.*
(2) Douet d'Arcq, *Ann. Bull. de la Soc. de l'histoire de France*, 1864.

sassins. Jean-sans-Peur se rendit auprès du duc de Berry, et osa lui avouer sa participation au crime. Atterré par cette confidence, mais trop faible pour prendre un parti, il laisse le coupable se retirer, et comme le duc de Bourbon lui reprochait de n'avoir pas donné un ordre d'arrestation, il ne trouva que ce cri de douleur : « Je perds mes deux neveux à la fois! »

Jean-sans-Peur, ne se trouvant plus assez à l'abri dans le donjon de son hôtel d'Artois, sort de Paris avec une escorte, prend la route de Picardie, fait couper derrière lui le pont de Saint-Maxence, arrête, par cette mesure, ceux qui le poursuivaient, et ne se croit en sûreté que dans une de ses bonnes villes de Flandres.

La théorie de l'assassinat politique trouva un apologiste dans Jean Petit, conseiller du duc de Bourgogne, tandis que Jean Gerson, qui lui devait sa fortune, prit le parti de la veuve et des orphelins du duc d'Orléans, et n'abandonna jamais leur cause, en public comme dans le conseil des rois, et au concile de Constance, qui condamna les doctrines de son adversaire. C'est lui, sans nul doute, qui triompha des hésitations du duc de Berry, alors âgé de soixante-sept ans, lui fit, comme réparation, élever plusieurs monuments à la mémoire de son neveu et héritier qu'il affectionnait beaucoup. En voici la preuve.

Godefroi (1) nous apprend que ce prince « fit de son vivant, en mémoire de la mort de « Louys, duc d'Orléans, son neveu, *sculpter* « *au portail des Innocents, où est le grand* « *et commun cimetière de Paris,* « l'histoire « des trois Morts et des trois Vifs. »

Du Breul complète le renseignement, en donnant une date précise, 1408.

En même temps il faisait peindre, dans la chapelle d'Orléans, aux Célestins, un tableau qui représentait le jeune duc (il n'avait que trente-six ans lorsqu'il fut assassiné) à genoux, semblant faire à Dieu le sacrifice de sa vie ; il regarde la Mort, armée d'une flèche, qui s'apprête à le frapper ; entre les deux personnages, un pommier symbolique. Sur une banderole qui sort de la bouche de la Mort, et entoure le tronc de l'arbre si fatal aux fils d'Adam, cette légende :

Juvenes ac senes rapio. (Je frappe jeunes et vieux.)

En 1415, le 5 janvier, pendant une trêve,

(1) *Hist. de Charles VI.* Paris, 1653, p. 674, notes.

le chancelier Gerson prononçait à Notre-Dame l'éloge funèbre de la victime et puis reprenait le chemin de l'exil, mais sans abandonner son œuvre de réparation.

Toujours sous son inspiration fut conçue l'idée de la Dance macabre, dont la fresque des Célestins n'est que l'esquisse, l'idée première, mais idée mûrie pendant dix-huit ans, et qui viendra se traduire et se développer sous les charniers des Innocents, comme un *mirouer salutaire pour toutes gens,* un perpétuel enseignement que la mort nivelle toutes les conditions : *Juvenes ac senes rapio.*

Louis d'Orléans, après le bal des sauvages (1498), où faillit périr Charles VI, acheta aux religieux Célestins un terrain et y bâtit une chapelle expiatoire en l'honneur des quatre seigneurs victimes de cette mascarade, qui servit en même temps de sépulture à sa famille. La fresque dont il vient d'être question y était bien à sa place ; mais il fallait à l'infatigable Gerson un autre théâtre : le principal cimetière de Paris. Il inspire un artiste, il compose les vers qui doivent en être l'explication. Comme trait d'union entre ces deux compositions sorties de la même pensée, il suffirait de rapprocher le vers qui termine la réponse de l'enfant à la Mort :

Aussi tost meurt jeune que vieulx.

traduction littérale de l'inscription des Célestins : *Juvenes ac senes rapio.*

Longtemps on a ignoré de qui étaient ces vers. M. P. Lacroix (bibliophile Jacob) (1), le premier, a signalé Gerson comme en étant l'auteur.

Deux manuscrits provenant de l'ancienne abbaye de Saint-Victor ne permettent guère d'en douter; ils sont à la Bibliothèque nationale.

Le premier, au milieu de traités et de sermons en latin de Gerson, contient LA DANCE MACABRE *prout habetur apud Sanctum Innocentem* (2).

Le second, parmi des traités en français, renferme les vers sur la Dance Macabre : « Dictamina choree macabre prout sunt apud Innocentes parisius (3). »

On ne s'est jamais inscrit en faux contre

(1) *Exclamation des os Sainct-Innocent*, Bibliophile, 15 mai 1862. London.
(2) Bibl. nat., dép. des manuscrits (L. 14,904).
(3) Bibl. nat., dép. des ms (F, 25,550).

cette assertion, et on ne voit pas de raisons plausibles de la nier.

Hœnel cite une Dance macabre, parmi les œuvres de Gerson, imprimées par Colart Mansion, de Bruges. Ce volume provient de la Bibliothèque des Dominicains de Lille : c'est incontestablement la meilleure leçon de la Dance macabre (1). On verra plus loin (p. 80) que ces religieux ont souvent fait peindre ce sujet moral sur les murs de leurs cloîtres, ils paraissent l'avoir affectionné, le texte devait également se retrouver sur les rayons de leurs bibliothèques.

Quel fut l'auteur de cette œuvre magistrale qui se trouve reproduite, texte et illustration, à la fin du volume, et qui accuse une main exercée, bien qu'elle ne soit pas dans son cadre et qu'elle soit privée du relief des couleurs ?

Nous proposons d'y voir l'œuvre de Jehan d'Orléans, peintre de Charles VI, familier de Jean, duc de Berry (nous en donnons la preuve ailleurs) (2). En 1416, à la mort du

(1) Catalogue des manuscrits, 1830. Bibliothèque de Lille (F, 1).

(2) Voir nos *Recherches sur la Dance macabre*. Paris, 1873, p. 22.

duc de Berry, on le trouve chargé de préparer une chapelle ardente aux Augustins de Paris, et les comptes de la succession nous le montrent ensuite précédant le corps, et envoyé en toute hâte pour décorer la Sainte-Chapelle, de Bourges, où se devaient faire les obsèques de son bienfaiteur. En 1423, il peignait l'horloge de la cathédrale de Bourges (1); en 1426, il fondait de son vivant un anniversaire, d'accord avec le chapitre, qui se libère ainsi avec lui de ses précédents travaux. Il a donc pu terminer en 1425 la fresque des Innocents, qu'il n'a pas dû peindre seul, son fils et ses élèves travaillant sous sa conduite.

L'incendie du Palais de justice, en 1618, ayant détruit tous les registres de la Cour des comptes de l'époque, on n'en connaît que des extraits, et ce détail, comme bien d'autres, nous manque.

Soixante ans après son apparition sous les charniers, presque aux débuts de l'imprimerie et de la gravure sur bois à Paris, la Dance macabre entrait dans le commerce de la librairie telle qu'elle avait été peinte, et accompagnée des vers qui en étaient l'expli-

(1) Girardot, *Artistes de la ville de Bourges.*

cation (28 septembre 1485). Dès l'année
suivante (7 juin 1486), une nouvelle édition
paraissait, « historiée et augmentée de plusieurs nouveaux personnages et beaux dits ; »
puis une troisième renfermant, pour là première fois, la Dance des femmes. En 1491
parut le même ouvrage, avec des sentences
latines ; avant 1500, on imprima toutes ces
pièces in-folio (sans date) ; in-4°, à Genève
(1503) ; à Paris, in-8° (1589). On fit des éditions en allemand et dans toutes les langues.
Le moine anglais John Lydgat les traduisit
mot à mot en anglais sous le cloître de Saint-
Paul de Londres. La presse en tira des
milliers d'exemplaires ; mais, de l'édition
princeps, il ne s'en est conservé qu'un seul
exemplaire, qui se trouve à la bibliothèque
publique de Grenoble, et provient de la bibliothèque du couvent de la Grande-Char-
treuse, comme nous l'a fait remarquer un
jeune publiciste, M. J. Pollio, de Marseille.

Un chartreux figure dans la Dance macabre, est-ce par reconnaissance seulement
qu'ils en acquirent et conservèrent un exemplaire ?

Cet exemplaire précieux, puisqu'il est la
copie des fresques des Innocents, a été repro-

duit par MM. Leroux de Lincy et Tisserand, dans leur publication de *Paris et ses historiens*. On regrette que les éditeurs aient mêlé au texte et aux illustrations primitives des additions qui appartiennent aux tirages suivants; nous ne les avons pas suivis sur ce terrain, et, profitant de leur travail, fait d'après l'édition de 1485, nous avons respecté la pensée de Gerson. Guyot Marchant, en 1485, reproduisait la peinture qu'il avait sous les yeux; les manuscrits que nous avons cités sont d'accord avec lui, et pour le nombre et le nom des personnages, comme aussi pour l'ordre dans lequel ils sont reproduits. L'épitaphier de la collection Clerambault, cité plus haut, concorde également sur tous les points, et ayant précédé de peu de mois la destruction du vieux charnier de la Féronnerie, il nous est un sûr garant que nous possédons les figures, moins le coloris, et certainement les strophes authentiques de la Dance macabre.

La fresque n'offrait pas de musiciens, mais commençait par le prologue de l'*acteur*, et finissait par un épilogue : *ung roy mort* remplissant chacun une arcade. Quinze arcades intermédiaires, séparées en deux par la clef de

voûte, offrait symétriquement, et par ordre de
dignité, un membre du clergé et un personnage de l'ordre civil, précédés chacun d'un
mort; des strophes de huit vers contenaient
l'interpellation du mort, la réponse du vivant, ce qui donne en tout un total de trente-
cinq sujets en y comprenant les morts, en ré-
sumé dix-sept tableaux.

L'auteur a dû avoir une pensée en suivant
un ordre régulier; il est moins évident pour
les laïcs que pour les ecclésiastiques. Les six
premiers rappelleraient le concile de Constance (*1414*). Le maître serait Gerson lui-
même, chancelier de l'université, maître ès
arts; avec le curé, l'avocat, le médecin, ils re-
présenteraient les quatre facultés; les autres,
les divers ordres du clergé séculier. Le cordelier semble être Jean Petit, qui appartenait à
cet ordre.

Souvent avez preschié de mort!

serait une allusion à la doctrine de l'assassinat politique qu'il déplorait implicitement
dans sa réplique :

Des mesfaits fault payer l'amende.

Chaque strophe, selon la mode du temps,

se termine par un vers ou sentence, dont quelques-uns sont passés en proverbes ou nous les ont transmis :

> Qui trop embrasse peu estraint.
> Petite pluie abat grand vent.
> A toute peine est deu salaire, etc.

Les gravures, dont nous donnons la reproduction exacte, mais un peu réduite, d'après l'exemplaire de Grenoble, ne ressemblent en rien aux gravures communes des éditions de Troyes. Au point de vue anatomique, les squelettes ne sont pas irréprochables ; mais, sous le rapport du mouvement, de la pose, de l'expression des figures, même celle des têtes de mort, qui sont aussi variées qu'énergiques, de la vérité du costume, de l'élégance des draperies, de la richesse de la végétation, elles ne laissent rien à désirer : on n'éprouve qu'un regret, celui de ne pas avoir pu, comme Guillebert de Metz, admirer ces *paintures notables* (c'est un scribe contemporain, un miniaturiste peut-être, qui s'exprime ainsi), dans l'éclat de leur fraîcheur, ou tout au moins de n'en avoir pas des copies avec l'indication des couleurs.

Un jeune artiste de grande espérance, qui

ne s'arrêtera pas en si beau chemin, après avoir dessiné la Dance, a, sur de simples indications, composé un frontispice en s'inspirant du sujet ; il a fait tout simplement un petit chef-d'œuvre, comme on peut s'en convaincre.

La Dance macabre et ses *escriptures* sont destinées *à esmouvoir les gens à dévocion*, nous dit Guillebert de Metz, un clerc, un lettré, un connaisseur, interprète du sentiment populaire. La pensée de la mort est un sentiment éminemment chrétien, non de *désespérance*, comme on l'a insinué. Si l'idée exprimée par la Dance macabre n'eût pas répondu à un besoin de l'époque, comment expliquer la vogue de cette composition, sa vulgarisation par l'imprimerie et ses imitations par les arts du dessin ? Nos aïeux étaient-ils moins délicats que nous ? On peut en douter. Avaient-ils les nerfs moins sensibles que nous ? C'est probable. Toujours est-il que ces représentations ne les choquaient pas. A la satire des vices peints et sculptés au xiiie siècle en allégories délicates sur le portail de nos églises, et jusque sur les stalles du sanctuaire, avaient succédé au xive des représentations d'une rudesse qui

sentait la brutalité; au xv⁰ elle change de
forme : les diverses conditions de la vie sont
en présence de la !mort; au xvɪ⁰ l'idée se
modifiera, la ronde sera menée par la Folie.
Qu'importe la forme, si l'enseignement s'en
détache et s'il produit des fruits ?

Voici, à propos de la Dance du Pont-des-
Moulins de Lucerne, un rapprochement curieux fait par un critique distingué, ce qui
l'amène à parler de celle de Bâle : « Je con-
« nais, dit M. Saint-Marc-Girardin, deux
« Danses des morts, l'une à Dresde, dans le
« cimetière au delà de l'Elbe ; l'autre en
« Auvergne, dans l'admirable église de la
« Chaise-Dieu. La Danse d'Holbein n'est
« pas, comme celle de Dresde et de la Chaise-
« Dieu, une chaîne continue de danseurs
« menés par la Mort... Holbein avait ajouté
« à l'idée populaire de la Danse des morts.
« Le peintre inconnu du pont de Lucerne a
« ajouté aussi à la Danse d'Holbein...

« Avec ces peintures le moyen âge ridicu-
« lisait l'humanité tout entière ; il raillait
« sa faiblesse, son insouciance, sa vanité. Au-
« jourd'hui nos caricatures frappent sur les
« individus au lieu de frapper sur l'homme.
« Elles apprennent à l'un qu'il est trop mai-

« gre, à celui-ci qu'il est trop gros, à l'autre
« qu'il est trop petit. Ce ne sont guère là
« de grandes découvertes de satires ; mais,
« lieux communs pour lieux communs, je ne
« sais si je ne préfère point ceux du moyen
« âge : ils indiquent tout au moins une
« époque plus sérieuse et plus grave , un
« génie qui voit de plus haut les choses et les
« hommes, et une imagination qui garde un
« profond sentiment de peine dans ses gaietés
« mêmes et dans ses caprices (1). »

M. le baron Taylor, après avoir repro-
duit dans une des planches de son ouvrage
quelques-uns des principaux personnages de
la Dance de la Chaise-Dieu, explique le
dessin par cette observation : « Un objet
« non moins curieux et assez rare mainte-
« nant, ce sont les peintures que renferme
« le chœur de l'église de la Chaise-Dieu, et
« qui représentent la Danse macabre. C'est la
« première fois que nous avons trouvé à co-
« pier ce poëme bizarre, qui était devenu du
« xive au xvie siècle une espèce de sujet de
« mode qui jouit d'une grande célébrité dans
« le nord de l'Europe. On ignore pourquoi

(1) *Journal des Débats*, 13 février 1835.

« cette danse s'appelle *Macabre*. La pensée
« du premier qui traita ce sujet fut profonde;
« celle du dernier fut peut-être une cruelle
« moquerie (1). »

« Depuis cette époque (1424), remarque
« un autre érudit, par toute l'Europe, cha-
« que cimetière, chaque église, chaque cou-
« vent, voulut avoir sa danse des morts en
« peinture, en sculpture, en tapisserie. Ce
« sujet funèbre et burlesque à la fois, avec le-
« quel s'étaient familiarisés les yeux et les
« esprits de la foule, épouvantait les grands
« et les riches, consolait et divertissait les pau-
« vres. Les artistes en tout genre ne cessaient
« donc de le reproduire sous toutes les formes
« et à tout propos : on le retrouvait jusque
« dans la ciselure des bijoux de femme ; on le
« retrouvait bien dans le jeu de cartes! Les
« cartes à jouer et les danses des morts furent
« certainement liées à l'invention de la xylo-
« graphie (2). »

(1) *Voyages pittoresques dans l'ancienne France*,
t. V.

(2) *Le Moyen âge et la Renaissance*. P. Lacroix.
les Cartes à jouer, VII. Il y avait certainement des
rapprochements à faire entre les deux sujets, au
point de vue de la moralité et du costume; le pre-

Plus récemment, la Dance macabre, considérée comme une satire, a été appréciée en ces termes par un critique :

« Le cimetière devint à la fois un musée, « un prêche, une *salle de bal et de spectacle;* « c'est là que la mort organise dans la *Dance* « *macabre* le dernier branle qui doit terminer « la tragi-comédie du moyen âge... Le moyen « âge, avec son instinct d'imitation univer- « selle, traduisit la même idée sous toutes les « formes, par le geste, la parole, le pinceau... « Le tableau de la mort devint un véritable « sermon, une grande leçon d'égalité offerte « à tous, une longue ironie jetée à la puis- « sance, à la force, à la science, à la beauté, à « tout ce que le monde honore, craint ou « flatte... *La première Dance des morts dont* « *l'histoire fasse mention en France est celle* « *des Innocents, continuée, retouchée et* « *peut-être même complétement repeinte* « *plusieurs fois depuis;* elle existait encore « du temps de Sauval. Les détails trop courts « qu'il nous a laissés à ce sujet suffisent du « moins pour attester le double caractère sa- « tirique et moral de cette composition.

mier a été traité dans l'ouvrage dont nous citons un extrait, nous reviendrons tout à l'heure sur le second.

7

« Pour voir la Mort en bien des postures
« et en civilités qu'elle fait aux uns et aux
« autres, soit papes, princes ou villageois,
« lorsqu'elle vient leur annoncer qu'il faut
« partir, on n'a qu'à considérer une *liste de*
« *plomb* (1) qui règne le long du cimetière

(1) Le mot litre souligné par l'auteur n'a rien de mystérieux. C'est un terme de blason et de vieux français, qui vient des formes latines *lista, listra* et *jictra,* basse latinité, *listar,* provençal. (Voir Du Cange.) La litre est une ceinture, bande, lisière ou bordure noire dont on entourait extérieurement ou intérieurement une chapelle ou une église à la mort du seigneur, fondateur ou haut-justicier. Sur la litre, teinte en noir, on peignait en couleur les armoiries et insignes du défunt. De là l'usage encore existant de tendre les églises dans les grands convois et de placer sur des écussons les armes ou initiales du défunt; seulement les écussons, les étoffes et le *bandeau* frangé, qui est une véritable litre, disparaissent après la cérémonie. Les litres funèbres sont assez rares en France depuis la Révolution, cependant on en retrouve parfois : nous signalerons dans l'église de Rambouillet un exemple de litre intérieure, accompagnée des armes de Penthièvre et un autre de litre extérieure avec les armes du fondateur au chevet de la petite église d'Orival lès-Elbeuf. On trouve encore les formes *lière, liteau, listel, lisse, lice, lisière* avec le même sens générique, bande longue, étroite ou ceinture. Ne faut-il pas lire au lieu de *litre*

« des Saints-Innocents... Dans le même ci-
« metière se voit encore, depuis le mois
« d'août... jusqu'au carême suivant, la Danse
« machabée (macabre), peinte sous les char-
« niers où la Mort fait bien d'autres tours et
« mommeries (1). »

« M. Langlois, dont le travail d'ailleurs est
« si complet, a donc tort d'accuser le silence
« de Sauval (2). »

A part les mots soulignés, où l'auteur, suivant l'opinion commune, a été trompé par le
mot *Dance* et les musiciens, nous souscrivons
à son jugement; il a mieux apprécié la Dance
de la Chaise-Dieu, qu'il appelle une procession, un défilé; il n'y a pourtant de différence
que le cadre : en Auvergne les personnages
se suivent, à Paris ils sont deux à deux, compris dans une arcade géminée. « Le *Jugement*
« *dernier* et la *Danse macabre*, dit-il en ter-

de plomb, *litre de long*? Peignot nous parle d'une
litre funèbre, où était découpée une danse des morts
conservée jusqu'à la Révolution dans l'église Notre-
Dame de Dijon (3).

(1) Sauval, II, *Peintures*.

(2) Lenient, *Histoire de la Satire au moyen âge*,
Paris, Hachette, 1869, in-12. *La Mort*, p. 418, 420.
422.

(3) Peignot, *Danse des Morts*. Dijon, 1826, in-8, p. xxxix,

« minant, sont à coup sûr les deux produc-
« tions les plus populaires et les plus com-
« plètes de l'art satirique du moyen âge. »

M. Lenient avance que la Dance macabre
des Innocents est la première en date que
l'histoire nous fasse connaître en France. On
peut être plus affirmatif et ajouter qu'elle est
la plus ancienne de date certaine qui soit
connue, — l'existence de celle de Minden
n'étant pas prouvée, et celle de Bâle ne re-
montant pas au delà de la peste de 1439, qui
ravagea cette ville pendant la tenue du concile. — Voici du reste la nomenclature des
principales de ces compositions, par ordre
chronologique, quand la date est connue
d'une manière positive et certaine.

1424. Dance macabre du charnier des Innocents, à
Paris.

1436. Dance des morts du cloître de la Sainte-Chapelle, à Dijon.

1439. Dance de Machabray ou du cloître Saint-Paul,
à Londres, avec les vers du moine Lydgate
(mort en 1440).

1441. Dance des morts du cimetière des Dominicains, à Bâle.

1460. Dance des morts de la cathédrale de Salisbury.

1463. Dance des morts dans la chapelle baptismale
de Sainte-Marie, à Lubeck.

Milieu du xvᵉ siècle. Dance des morts de l'église des
 Dominicains (Temple-Neuf), à Strasbourg.

Fin du xvᵉ siècle. Dance des morts du cloître du
 Machabré, dans la cathédrale d'Amiens.

 Id. Dance des morts de la Chaise-Dieu, en Auvergne.

1515. Dance des morts du cloître des Dominicains,
 de Berne.

1525. Dance des morts de Anneberg (Saxe), — de
 l'église des Dominicains de Landshut (Ba-
 vière).

1527. Dance des morts de l'*aître* Saint-Maclou, à
 Rouen.

1534. Dance des morts sculptée du château de
 Dresde.

1615. Dance des morts de l'église des jésuites, à
 Lucerne.

1631. Dance des morts du pont des Moulins, à Lucerne.

Nous ferons remarquer, comme l'a dit
M. Douce (1), que les dances des morts se
rencontrent assez souvent dans les couvents
de Dominicains : ainsi celles de Strasbourg,
de Bâle, de Berne, de Landshut, en sont des
exemples. Il est à croire que ce n'est point
l'effet du hasard, mais que ces religieux,
dont l'institution a toujours pour but prin-

(1) F. Douce : *The Dance of Death*. London, W.
Pickering, 1833, in-8, p. 36.

cipal la prédication, adoptèrent ces sortes de peintures, qui, tout en leur fournissant des thèmes de sermons, leur rappelait la fragilité humaine.

Le même auteur a voulu faire remonter au XIIe siècle l'origine de la dance des morts, dont l'inventeur aurait été un trouvère, Gautier de Mapes (1) dont une pièce de vers latins, qui ressemble assez aux légendes des morts, est intitulée : *Lamentatio et deploratio pro morte et concilium de vivente Deo.*

Dans cette pièce un grand nombre de personnages se plaignent successivement d'être soumis à la mort et de ne pouvoir échapper à son empire.

« Est-ce à dire pour cela, demande M. Ju-
« binal (2), qu'il faille croire, comme l'affirme
« M. F. Douce, *que des peintures de la*
« *Danse Macabre étaient contemporaines de*
« *Gautier de Mapes?* Je ne le pense pas, d'a-
« bord parce qu'il ne nous en est pas parvenu
« comme fragment, ensuite parce qu'il *faut*

(1) *The latin poems* commonly attributed to Walter Mapes, collected and edited by Th. Wright. London, printed for the Camden Society, 1841, petit in-4.

(2) *Explication de la Danse des morts de la Chaise-*Dieu. Paris, 1841, in-4, p. 8.

« *qu'une idée grandisse avant d'arriver à son*
« *développement.* Or, ici l'idée dont nous
« parlons venait à peine de naître. Je dirai la
« même chose pour le fabliau des *Trois morts*
« *et des trois vifs*, qui appartient au siècle
« suivant. En y voyant, si nous voulons, le
« *germe* de la danse des morts, il faut bien
« convenir qu'il y a loin de là encore à la
« sculpture et à la peinture, et que nulle part,
« dans les monuments de cette époque, on ne
« rencontre, traitée par la main des *ymai-*
« *giers* en miniature, un de ces bals d'outre-
« tombe que le xve siècle étala fréquemment,
« avec tant de luxe et de grandeur, autour des
« cloîtres et des églises (1). »

Ces déductions sont très-logiques. Gautier de Mapes n'a pas provoqué l'apparition
de la *Dance des Morts* qui lui est postérieure
de trois siècles, puisque d'ailleurs on n'en
trouve pas de trace dans l'intervalle, il n'en
est pas de même du fabliau des *Trois morts
et des trois vifs*. C'est ici le cas d'appliquer
le principe qu'*il faut qu'une idée grandisse
avant d'arriver à son développement.* Le

(1) Achille Jubinal, *Danse des morts de la Chaise-
Dieu*, p. 8.

germe en est le fabliau, sujet plusieurs fois
traité par les poëtes aux xiie et xiiie siècles et
si admirablement traduit par le peintre An-
dré d'Orcagna, au Campo-Santo de Pise,
dans la célèbre fresque, connue sous le nom
de *el Trionfo della Morte* au xive siècle.

On a vu que la sculpture du fabliau et
les vers qui l'accompagnaient sur le portail
des Saints-Innocents dataient de 1408, ainsi
que la peinture de la chapelle d'Orléans, aux
Célestins de Paris, où la Mort armée d'une
flèche en frappait le frère de Charles VI.
Seize ans plus tard, cette peinture, qui n'était
que le germe de la Dance macabre, vient se
développer sous les charniers des Innocents
avec une majestueuse sévérité qui ne fut pas
dépassée depuis.

A peine la Dance des morts a-t-elle fait son
apparition à Paris qu'elle est copiée en
France, en Suisse, en Angleterre et en Alle-
magne. Enfin, quand soixante ans plus tard
l'imprimerie et la gravure sur bois s'empare-
ront de ce sujet populaire pour le vulgariser,
ils ne sépareront pas la Dance des morts du
fabliau des *Trois morts et des trois vifs*,
comme pour attester l'analogie du sujet, le
rapprochement des lieux et la communauté

d'origine. On n'oubliera pas en tête de ces publications de représenter l'acteur ou le coryphée chargé de faire la moralité; on y ajoutera des musiciens, sans souci de la pensée de l'auteur, puis des personnages secondaires; enfin, sans s'arrêter à ces additions, les éditeurs donneront, comme complément, la Dance des femmes, qui ne figurait pas dans la composition primitive, jusqu'à ce qu'Holbein la travestisse en une capricieuse fantaisie d'artiste appropriée au goût germanique du xvie siècle.

Un fait certain et incontestable aujourd'hui, mais autrefois bien controversé, est l'existence aux Innocents d'une peinture. Le *Journal de Paris sous Charles VI* nous donne l'époque de son exécution, et Guillebert de Metz, qui la vit dans tout son éclat, vient confirmer ce témoignage. Le silence des principaux historiens de Paris ne prouve rien contre son existence. Un conteur du xvie siècle, Noël du Fail, la mentionne (1), mais il n'est pas exact quand il la fait exécuter sous Charles V. L'auteur n'a voulu que se jouer des folies des hermétiques et des

(1) *Contes d'Eutrapel*. Paris, Gosselin, 1842, ch. x, p. 192.

chercheurs de pierre philosophale; mais il pourrait avoir raison quand il insinue que les figures étaient des portraits historiques, ce qui expliquerait encore ce laconisme de l'anonyme du *Journal de Paris sous Charles VI*, Bourguignon renforcé et qui détestait profondément les Armagnacs, le dauphin, les princes et leurs adhérents. On comprend que s'il n'a pas pu passer sous silence une œuvre de cette importance, il ne se soit pas étendu sur le mérite du peintre, du poëte et n'ait pas célébré le mécène, Jean, duc de Berry, car nul autre que ce prince, à cette époque de calamités publiques, ne pouvait subvenir aux dépenses de cette entreprise artistique.

Mais si les historiens de Paris les plus autorisés n'ont pas parlé de la Dance macabre, on sait que la question d'art les préoccupait fort peu, nous avons cependant d'autres preuves de son existence. Dans l'*Épitaphier de Paris,* recueil Clérambault (1), on trouve la description du charnier des Innocents, arcade par arcade. A la 17ᵉ de la rue de la Féronnerie, on lit :

(1) Bibl. nat., départ. des manuscrits (F. 8220).

« Icy commence la Danse macabre qui
« dure dix arcades, en chacune desquelles
« il y a six huitains, dont le premier cy-
« après; les quatre dernières arcades en ont
« huit. »

Le manuscrit n'est pas daté, mais il a dû
précéder de peu la démolition de cette partie
des galeries, peut-être même est-ce à cette occasion qu'on aura pensé à en relever les épitaphes. Que n'en a-t-on agi de même pour les
peintures!

L'ordonnance de Louis XIV, prescrivant
l'élargissement de la rue de la Féronnerie, est
du 18 octobre 1669.

« Pour terminer ladite rue (de la Féron-
« nerie), du côté dudit cimetière, sera faite une
« fassade (*sic*) de bastion de pierre de taille de
« douze corps de logis doubles, outre un demi
« qui sera fait à chaque bout. Les quatre
« corps de logis seront de trente-trois pieds de
« profondeur chacun, hors d'œuvre par bas,
« et outre ce auront trois pieds de saillie au
« dedans dudit cimetière et au-dessus du char-
« nier (également en pierre de taille et de
« quinze pieds de largeur), desquels corps
« de logis la face du côté de la rue de la
« Féronnerie sera accompagné d'ornements

« d'architecture, conformément au plan qui
« sera paraphé...

« Ordonne ladite Majesté qu'au lieu des
« charniers qui sont présentement en seront
« bâstis d'autres au-dessous desdits corps de
« logis. » Voici ce que renferme d'intéressant
cette ordonnance, trop longue pour être
citée en entier (1).

On s'est fait un argument du silence de
Sauval, qui, fût-il réel, ne prouverait pas
plus que celui des autres historiens de Paris;
mais de fait il n'existe pas. Nous avons cité
le passage tronqué où il parle de la Dance
machabée (macabre) peinte. On sait que ses
éditeurs publièrent ses manuscrits avec peu
de soin.

Pour en juger, comparez le passage suivant avec celui cité plus haut (p. 98). Voici
le texte original de Sauval que nous avons
retrouvé (2).

« *Peintures et tapisseries ridicules.* —
« ... Mais si vous voulez voir des vers ridi-
« cules, lisez ceux qu'on avoit faicts pour la

(1) *Arch. nat.*, SS. Innocents (S. 3372).
(2) Bibl. nat., cab. des manuscrits, extraits de Ba-
luze, t. CCXIII, p. 65.

« Dance macabre de S. Innocent, où la mort
« dansoit avec des gens de toute condition,
« et ceux qui sont encore gravez au portail
« de l'aisle de S. Innocent, sous lês trois vifs
« et les trois morts, qu'y a fait mettre Jean,
« duc de Berry, oncle de Charles VI. » Ceci
ne ressemble pas beaucoup à la version im-
primée.

Le sujet qui nous occupe y est particuliè-
rement défiguré; nous le complétons ici : « Il
« en reste encore des tableaux qui ne se-
« roient ni déchirez ni effacez, si on n'en
« avoit pas autant que de celui du *Mauvais*
« *riche* (1). » C'est le contraire de la vérité
qu'on lui fait dire, puisque le tableau auquel
on fait allusion n'était découvert que deux
fois l'année, aux jours de la Toussaint et des
Morts. Il reste à expliquer pourquoi Sauval a
été accusé à tort de n'avoir pas mentionné la
Dance macabre, quand il en a parlé, et ceci
par de graves écrivains, M. Langlois entre
autres; c'est que le passage en question se
trouve, avec une pagination particulière, à
la suite des *Amours des rois de France,* qui
ne figure pas dans toutes les éditions; la

(1) Sauval, II, *Peintures.*

peinture y est traitée en appendice, comme
addition, et on ne trouve pas à la table générale le mot *peinture*. M. Leroux de Lincy,
qui avait préparé une nouvelle édition de
Sauval, aurait certainement réparé cette omis-
sion et rétabli ces chapitres à leur place.

Le bourgeois, l'étranger, l'oisif qui venait se promener aux Innocents — de nos
jours combien de badauds font de la Morgue le but de leurs promenades — en en-
trant par la porte de la rue Saint-Denis, se
trouvait bientôt en face de l'acteur qui, assis
dans son fauteuil à dossier, devant son pu-
pitre, semblait expliquer aux spectateurs la
moralité de ce drame. Un ange, placé dans
l'angle du tableau, soutenait un rouleau contenant les paroles du coryphée, qui évoquait
devant lui toutes les conditions de l'humaine
nature, leur montrant ce *miroir salutaire*.
Deux huitains en langue vulgaire donnaient
le même enseignement aux simples et aux
ignorants. Dans les dix arcades suivantes se
déroulait le tableau de toutes les conditions
humaines, commençant par les plus élevées
dans les deux ordres ecclésiastique et civil.
Un mort servait de guide à chaque personnage, chaque groupe séparé par la clef de

voûte. Au-dessous du drame en action on lisait un dialogue en vieille rime française, la demande du mort, la réponse du vif, à l'imitation de ce qui se lisait sous les sculptures des *Trois morts et des trois vifs*, au portail de l'église, ordinairement terminé par un apophthegme ou sentence, dont plusieurs sont passés en proverbes et ont contribué à former ce fonds commun de vérités qu'on est convenu d'appeler la sagesse des nations.

Ces personnages, si on les place parallèlement, se trouvent ainsi opposés :

Le Pape.	L'Empereur.
Le Cardinal.	Le Roy.
Le Patriarche.	Le Connétable.
L'Archevesque.	Le Chevalier.
L'Évesque.	L'Écuyer.
L'Abbé.	Le Bailly.
Le Maistre.	Le Bourgeois.
Le Chanoine.	Le Marchant.
Le Chartreux.	Le Sergent.
Le Moine.	L'Usurier.
Le Médecin.	L'Amoureux.
L'Avocat.	Le Ménestrel.
Le Curé.	Le Laboureur.
Le Cordelier.	L'Enfant.
Le Clerc.	L'Ermite.

Ung roi mort complétait la scène que l'*acteur* terminait par un dernier avertissement.

Les sujets mis en scène sont les mêmes dans les trois manuscrits, et pour le nombre et pour l'ordre dans lequel ils interviennent, aussi bien que dans l'édition *princeps* de la Dance macabre de 1485. Dans celle de 1486 ils sont augmentés et leur ordonnance intervertie.

A défaut d'autre renseignement, on peut y retrouver l'ordre hiérarchique et social de l'époque; mais connaissant l'auteur des vers, le promoteur de cette composition, on peut y apercevoir une partie de la pensée de Gerson, interprète des sentiments de son siècle et du milieu dans lequel il vivait, surtout pour les types de la première catégorie, car si les peintures ont pu emprunter les traits des contemporains illustres, pris isolément les personnages devenaient et sont restés pour nous des abstractions.

Les six premiers personnages ecclésiastiques ne seraient-ils pas un ressouvenir du concile de Constance? Le Maistre qui vient après eux serait le docteur par excellence, le chancelier Gerson lui-même, qui, réuni au médecin, à l'avocat et au curé, constituerait les quatre facultés de l'Université, cette puissance moitié ecclésiastique, moitié civile, l'*Alma mater* de nos pères.

Le chanoine, le chartreux, le moine seraient les représentants de la vie contemplative. On pourrait se demander pourquoi le cordelier arrive à la fin du défilé plutôt qu'un autre religieux, si on ne connaissait l'antagonisme qui a existé entre le Maistre et Jean Petit, le flatteur de Jean-sans-Peur, le promoteur de l'assassinat politique, qu'il veut, comme supérieur et comme chrétien, rappeler à de meilleurs sentiments, exciter au repentir. Les strophes qui accompagnent le sujet ne contredisent pas cette explication.

Dans l'ordre civil, les cinq premiers sujets représentent la noblesse, les sept suivants la bourgeoisie, les trois derniers le peuple.

Chacun des personnages a sa physionomie spéciale, une attitude particulière, des gestes expressifs; ses mouvements sont naturels. Le squelette grimace, sans doute, mais n'a rien d'exagéré dans sa pose, et, qu'il soit nu, qu'il soit drapé, il est digne toujours, jamais trivial. Si les connaissances anatomiques sont bornées, elles sont remplacées par le sentiment des convenances : le mort n'affecte jamais ces formes hideuses ou grotesques qu'on rencontre dans des compositions analogues, à la Chaise-Dieu, par exemple, où le mort, qui est un cadavre, est presque toujours chaussé de souliers à la poulaine. On remarquera les différentes et bouffonnes postures des morts. Il est vraiment étonnant qu'avec un type aussi monotone et ingrat les peintres du xvᵉ siècle aient pu retracer le rire, l'étonnement, la moquerie, la colère, etc. C'est pourtant ce qui a eu lieu dans les dances macabres et surtout dans celle du charnier des Innocents. On remarquera également, à défaut du brillant des couleurs, de l'harmonie des tons, le fini des détails, la variété de la flore, l'entente de la perspective, la richesse des costumes, au sujet desquels il faut faire une remarque : ils ne sont pas tous de l'époque de la composition : le connétable, par exemple, a une armure italienne du temps de Louis XII, et non de l'époque de Charles VI. Ce fait ne peut s'expliquer que d'une manière : les dessinateurs de Guyot Marchant, peu soucieux de la vérité historique, ont copié l'attitude des personnages et les ont habillés — au moins quelques-uns — à la mode du temps.

La dance macabre n'est pas arrivée tout
d'un coup à la perfection telle que nous la
trouvons sous les charniers des Innocents.
Les *Vers sur la mort,* de Thomas de Marly,
qui l'ont précédée (xiie siècle) en sont aussi
éloignés que l'*Exclamation des os Sainct
Innocent*, qui lui est postérieure (xvie siècle).
C'est une composition originale traitée par
un maître; les précurseurs n'ont balbutié que
des lieux communs, les imitateurs voulant
être originaux n'ont été que maladroits :
imitatores servum pecus : ce qui est dit du
texte peut s'appliquer à la peinture; le temps
manque pour développer cette thèse, mais
l'étude comparative des divers monuments
vient confirmer cette donnée qui peut pa-
raître absolue.

La dance macabre dérive certainement du
fabliau des trois morts et des trois vifs, si populaire en France et que l'élève du Dante, le
peintre Orcagna, interpréta si magnifique-
ment au *Campo Santo* de Pise. Ce sujet,
sculpté au portail de S. Innocent en même
temps que l'image de la mort à la chapelle
des Célestins (1408), donne l'origine de la
dance macabre qui se développera sous les
galeries funéraires seize ans plus tard.

Laissons maintenant la place au poëte, à l'artiste du moyen âge, dont l'œuvre a été assez habilement reproduite par un artiste moderne pour que le lecteur en feuilletant les pages suivantes puisse se croire transporté en plein Paris du xve siècle; l'illusion serait certainement complète si on avait pu reproduire les couleurs primitives de ces *painctures notables* qui faisaient l'admiration de Guillebert de Metz et de ses contemporains.

FIN.

LA

Dance Macabre

composée par

Maistre Jehan Gerson

 1425

9

DANCE MACABRE

J. Gerson — Jean duc de Berry — J. d'Orléans

1425

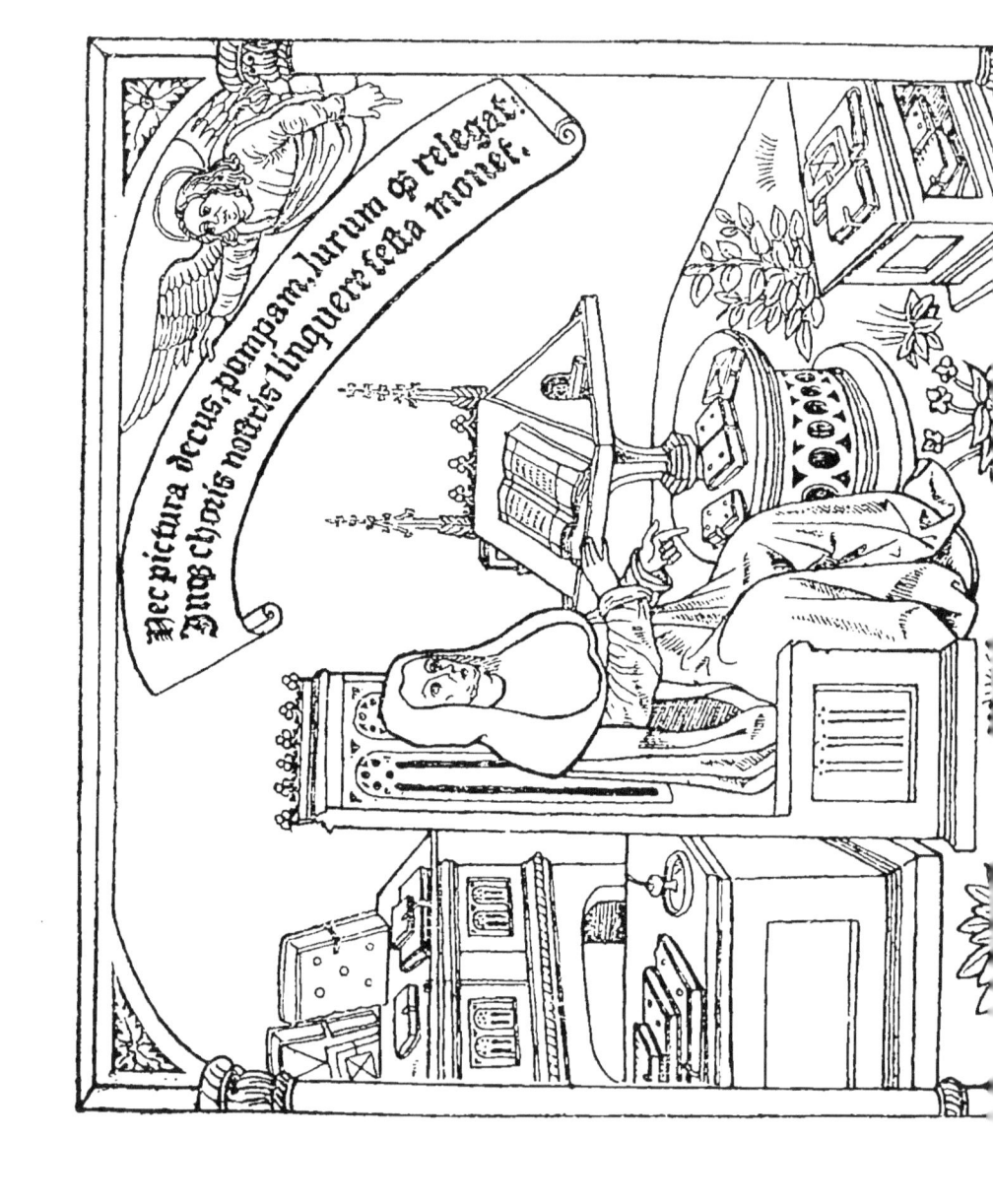

O creature roysonnable
Qui désires vie éternelle
Tu as cy doctrine notable
Pour bien finer vie mortelle /
La dance macabre sappelle
Que chascun a danser apprant
A homme et femme est naturelle
Mort nespargne petit ne grant.

En ce miroer chascun peut lire
Qui le convient ainsi dancer
Saige est celui qui bien si mire [2]
Le mort le vif fait avancer
Tu vois les plus grans commencer
Car il n'est nul que mort ne fiere
C'est piteuse chose y penser
Tout est forgié dune matière.

LE MORT

Vous qui vivez certainnement
Quoy quil tarde ainsi dancres
Mais quant/dieu le scet seulement
Aduisez comme vous ferz
Dam pape/vous commenceres
Comme le plus digne seigneur
En ce point honore seres
Aux grans maistres est deu lonneur.

LE PAPE

Hé? fault-il que la dance mainne
Le premier qui suis dieu en terre
Iay eu dignité souverainne
En leglise comme saint pierre :
Et comme autre mort me vient querre
Encor point morir ne cuidasse
Mais la mort a tous mainne guerre
Peu vault honneur qui si tost passe.

LE MORT

Et vous le non pareil du monde
Prince et seigneur grant empriere
Laisser fault la pomme dor ronde
Armes/ceptre/timbre/baniere.
Ie ne vous lairay pas derriere
Vous ne povez plus seignorir
Ienmainne tout cest ma maniere
Les filz adam fault tous morir.

LEMPEREUR

Ie ne scay devant qui iapelle
De la mort/quansi-me demainne
Armer me fault de pic/de pelle
Et dun linseul ce mest grant painne.
Sur tous ap eu grandeur mondaine
Et morir me fault pour tout gage
Quest ce de ce mortel demaine
Les grans ne lont pas davantage.

Venez noble roy couronne
Renomme de force et proesse
Jadis fustez environne
De grant pompez / de grant noblesse
Mais maintenant toute hautesse
Lesseres / vous nestes pas seul
Peu aultrs de vostre richesse
Le plus riche na qun linseul.

LE ROY

Je nay point apris a danser
A danse et note se sauvaige [3]
Las on peut bien veoir et penser [4]
Que vault orgueil / force / lignaige.
Mort destruit tout / cest son usage
Aussi tost le grant que le mendre.
Qui moing se prise plus est sage
En la fin fault devenir cendre.

LE MORT

Vous faictez lesbay ce semble
Cardinal / sus legierement
Suivons les aultres tous ensemble
Rien ny vault esbaissement.
Vous avez vescu haultement
Et en honneur a grant devis
Prenez en gre lesbatement
En grant honneur se pert ladvis.

LE CARDINAL

Jay bien cause de mesbair
Quant ic me voy de cy pres pris
La mort mest venue assaillir
Plus ne vestiray vert ne gris.
Chapeau rouge / robbe de pris
Me fault laisser a grant destresse
Je ne lavoye pas apris
Toute joye fine en tristesse.

LE MORT

Cest de mon droit que ie vous maine
A la dance / gent conestable
Le plus fors comme charlemaigne
Mort prent / cest chose veritable.
Rien ny vault chiere espoventable
De forte armeure en cest assault
Dun cop rabas le plus estable
Rien nest darmes quant mort assault

LE CONNESTABLE

Iauoye encor intencion
Dassaillir chasteau / forteresse
Et mener a subiection
En aquerant honneur / richesse.
Mais ie voy que toute proesse
Mort met a bas / cest grant despit.
Tout luy est ung / doulceur / rudesse
Contre la mort na nul respit.

LE MORT

Patriarche pour basse chiere
Vous ne povez estre quitte
Vostre double croix quaves chiere
Ung aultre aura / cest equite.
Ne pensez plus a dignite
Ia ne seres pape de rome
Pour rendre compte este cite
Folle esperance decoit lomme.

LE PATRIARCHE

Ie vois bien que mondain honneur
Ma deceu / pour dire le voir
Car mes ioyes atournent en doleur
Et que vault tant donneur avoir
Trop hault monter nest pas savoir.
Haulx estas gaitent gens sans nombre
Mais peu le veulent parcevoir
A hault monter le faiz encombre.

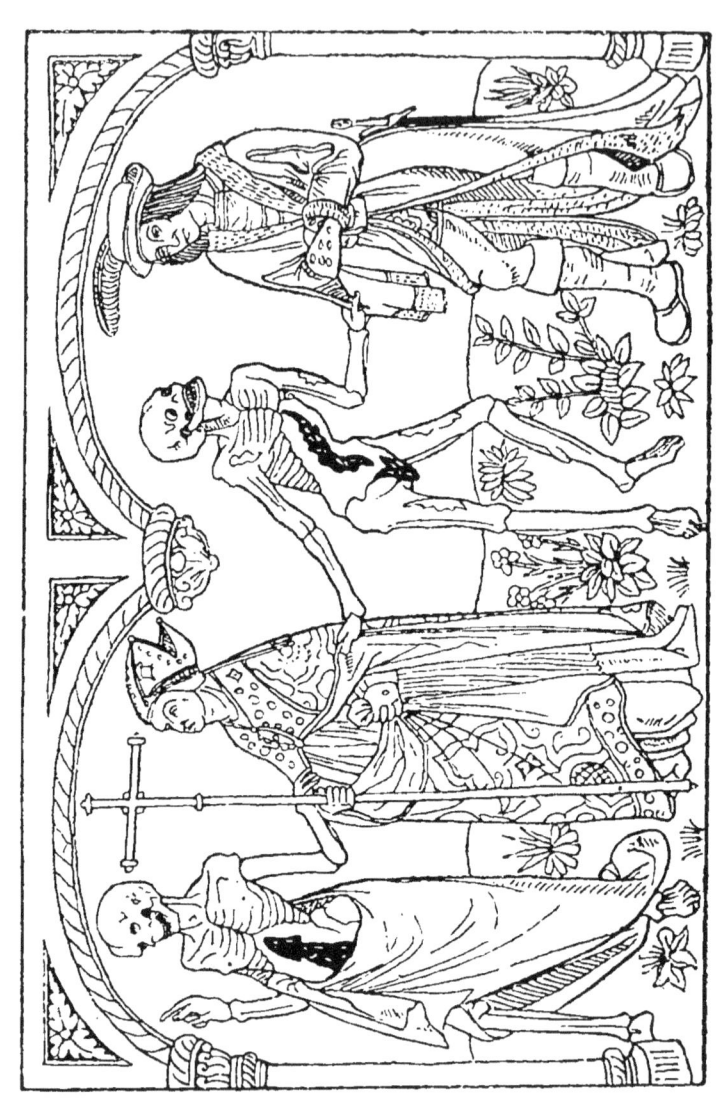

Vous qui entre les grans barons
Avez en renom / chevalier
Obliez trompettes / clarons
Ne me suives sans sommeillier.
Les dames solies resveillier
En faisant danser longue piece.
A aultre dance fault veillier
Ce que lun faict laultre despiece.

LE CHEVALIER

Or ay ie este autorise
En plusieurs fais et bien fame
Des grans et des petits prise
Avec ce des dames ame.
Ne oncques ne fus diffame
A la court de seigneur notable
Mais a ce cop suis tout pasme
Dessoubz le ciel na rien estable.

LE MORT

Que vous tires la teste arriere
Archevesque / tires vous pres
Aves paour quon ne vous fiere 5
Ne doubtez / vous venres apres.
Nest pas tousiours la mort empres
Tout homme supant roste a roste
Rendre convient debtes et prestz
Une fois fault compter a loste.

LARCHEVESQUE

Las / ie ne scay ou regarder
Tant suis par mort a grant destroit
Ou fuiray ie pour moy garder
Certes qui bien mort congnoistroit
Hors de raison iamais nistroit.
Plus ne gerray en chambre painte
Morir me convient cest le droit
Quant faire fault cest grant contrainte.

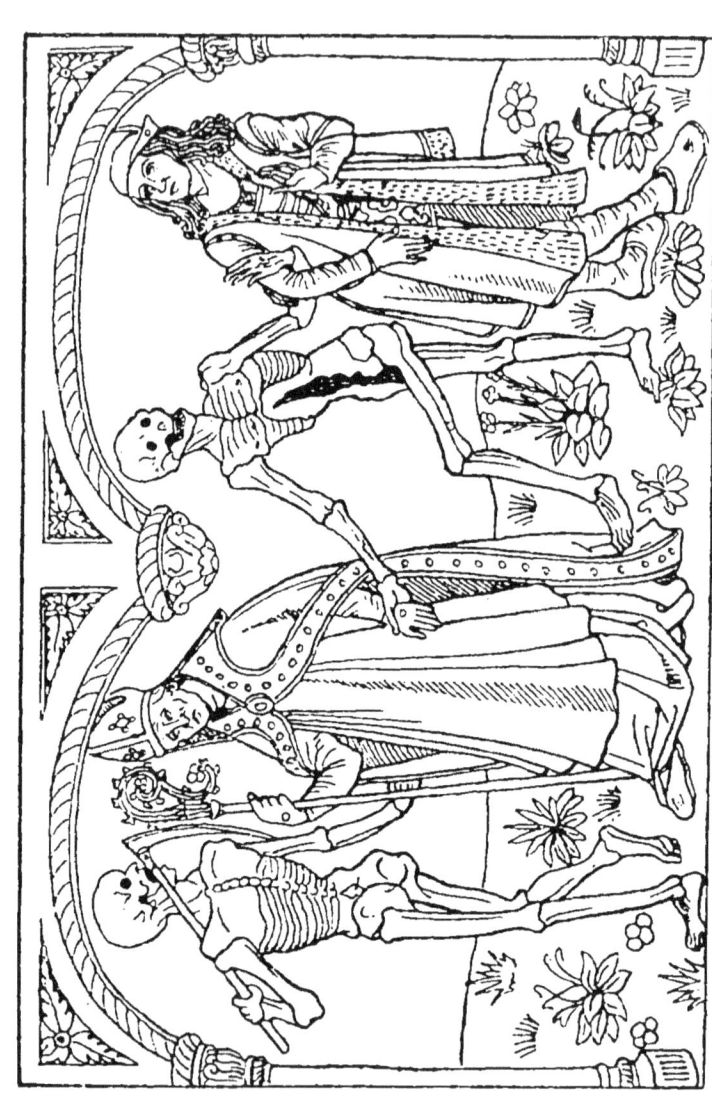

Avances vous gent escuier
Qui saves de dancer les tours
Lance portes et escu hier
Et huy vous finires vos iours
Il nest rien qui ne prengne cours
Dances / et pensez de suir
Vous ne pones avoir secours
Il nest qui mort puisse fuir.

L'ESCUYER

Puisque mort me tient en ses lacs
Au moins que ie puisse un mot dire
Adieu deduis / adieu solas
Adieu dames / plus ne puis rire.
Pensez de lame / qui desire
Repos / ne vous chaille plus tant
Du corps qui tous les iours empire
Tous fault morir on ne sret quant.

LE MORT

Tantost naures vaillant ce pic
Des biens du monde et de nature
Evesque / de vous il est pic
Non ostant votre prelature.
Votre fait gist en avanture
De vos subgets fault rendre compte.
A chascun dieu fera droicture
Nest pas asseur que trop hault monte.

LE DESOLE

Le cueur ne me peult esioir
Des nouvelles que mort maporte
Dieu vouldra de tout compte oir
Cest ce que plus me deconforte.
Le monde ainsi peu me conforte
Qui tous a la fin desherite
Il retient tout / nul rien nemporte
Tout se passe fors le merite.

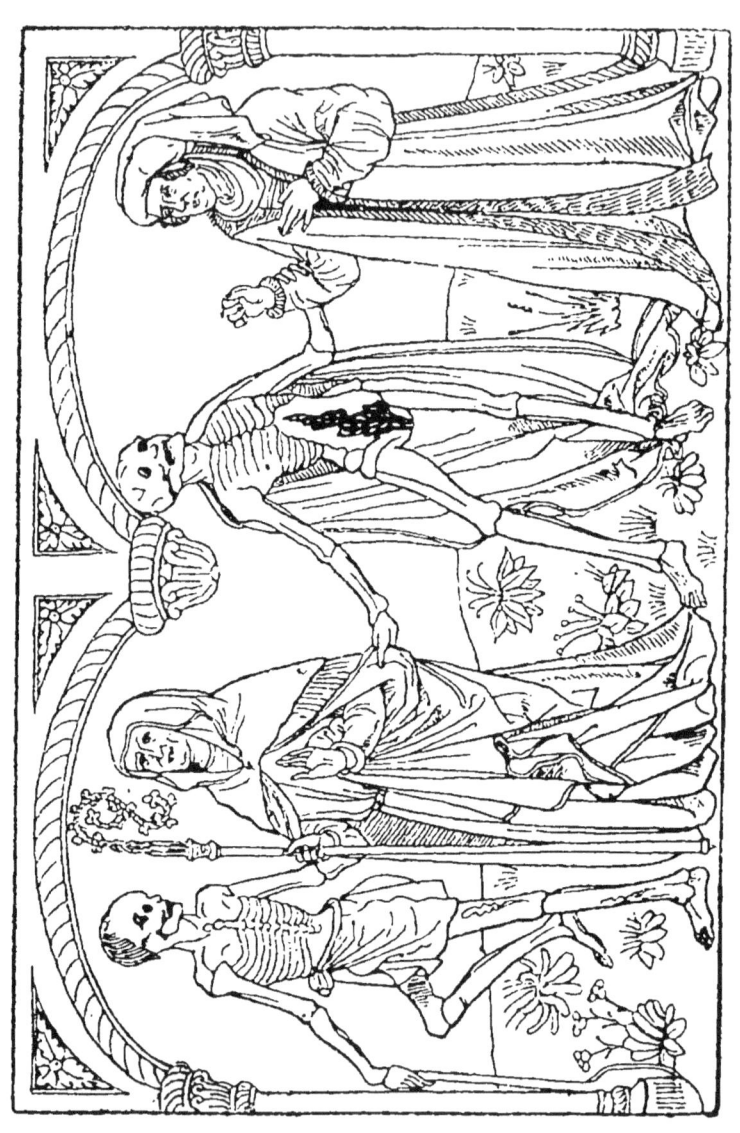

LE MORT

Abbé venez tost / vous fuyez
Nayez ia la chiere esbaye
Il convient que la mort suivez
Combien que moult lavez haye.
Commandez a dieu labbaye
Qui gros et gras vous a nourry.
Tost pourrirez a peu daye
Le plus gras est premier pourry.

LABBE

De cecy neusse point envie
Mais il convient le pas passer
Las / or nay ie pas en ma vie
Garde mon ordre sans casser.
Garde vous de trop embrasser
Vous qui vivez au demorant
Si vous voulez bien trespasser
On savise tard en morant.

LE MORT

Baillif qui savez quest iustice
Et haulte et basse en mainte guise
Pour gouverner toute police
Venez tantost a ceste assise.
Je vous adiourne de maintmise
Pour rendre compte de vos fais
Au grand iuge qui tout ung prise
Ou chascun portera son fais.

LE BAILLY

Hee dieu vecy dure iournee
De ce cop pas ne me gardoye
Or est la chanse bien tornee
Entre iuges honneur avoye
Et mort fait ravaler ma ioye
Qui ma adiourne sans rappel.
Je ny voy plus ne tour ne voye
Contre la mort na point dappel.

LE MORT

Bourgois hastez vous sans tarder
Vous navez avoir ne richesse
Qui vous puisse de mort garder.
Se des biens dont eustes largesse
Aves bien use / cest sagesse
Daultruy vient tout / a aultruy passe
Fol est qui damasser se blesse
On ne scet pour qui on amasse.

LE BOURGOIS

Grand mal me fait si tost laissier
Rentes / maisons / cens / norriture
Mais pouvres / riches abaissier
Tu fait / mort telle est ta nature.
Sage nest pas la creature
Damer trop les biens qui demeurent
Au monde / et sont siens de droiture
Ceulx qui plus ont plus envitz meurent.

LE MORT

Maistre pour vostre regarder
En hault ne pour vostre clergie
Ne povez la mort retarder
Ty ne vault rien astrologie.
Toute la genealogie
Dadam qui fut le premier homme
Mort prent / ce dit theologie
Vous fault morir pour une pomme.

LE MAISTRE

Pour science ne pour degrez
Ne puis avoir provision
Car maintenant tous mes regretz
Sont morir a confusion.
Pour finale conclusion
Ie ne say rien que plus descrive
Ie pers en toute advision
Qui vouldra bien morir bien vive.

LE MORE

Sire chanoine prebende;
Plus ne aures distribucion
Ne gros/ne vous y atende;
Prene; ep consolacion [6].
Pour toute retribucion
Morir vous convient sans demeure
Ja ny aure; dilacion
La mort vient quon ne garde leure.

LE CHANOINE

Tresp guerre ne me conforte
Prebende; suis en mainte eglise
Or est la mort plus que moy forte
Qui tout emmainne/cest sa guise.
Blanc surpelis/aumusse grise
Me fault laissier et a mort rendre.
Que vault gloire sy tost bas mise
A bien morir doit chascun tendre.

LE MORE

Marchant regardez par deca
Pluseurs pays avez cerchie
A pie/a cheval/de pieca
Vous nen seres plus empeschie.
Tresp vostre dernier marchie [7]
Il convient que par cy passez
De tout soing seres depeschie
Tel convoite qui a assez.

LE MARCHANT

Jay este amont et aval
Pour marchander ou ie povoye.
Par long temps a pie/a cheval
Mais maintenant pers toute ioye.
De tout mon povoir acqueroye
Or ay ie assez/ mort me contraint.
Bon fait aller moyenne voye
Qui trop embrasse peu estraint.

LE MORT

Allez marchant sans plus rester
Ne faites ja cy resistence [8]
Vous ny povez rien conquester
Vous aussi homme dastinence
Chartreux / prenez en patience
De plus vivre napez memoire.
Faictes vous valoir a la dance
Sur tout homme mort a victoire.

LE CHARTREUX

Je suis au monde picca mort
Par quoy de vivre ay moings envie
Ja sait que tout homme craint mort
Puis que la char est assouvie.
Plaise a dieu que lame ravie
Soit es cielz apres mon trespas.
Cest tout neant de reste vie
Cel est huy qui demain nest pas.

LE MORT

Sergent qui portez celle mace
Il semble que vous rebellez
Pour neant faictez la grimace
Se on vous greve si appellez.
Vous estes de mort appellez
Qui luy rebelle il se decoit [9]
Les plus forts sont tost ravallez :
Il nest fort quaussi fort ne soit.

LE SERGENT

Moy qui suis royal officier
Comme mose la mort frapper
Je faisoys mon office hier
Et elle me vient huy happer
Je ne scay quel part eschapper
Je suis pris de ca et de la
Malgre moy me laisse attrapper
Enviz meurt qui appris ne la.

Ha maistre par la passeres
Naic; ia soing de vous deffendre
Ne iamais abbe ne sere; 10
Mourir vous fault sans plus attendre.
Ou pense; vous / cp fault entendre
Cantost aure; la bouche close
Homme nest fors que vent et cendre
Vie domme est moult peu de chose.

LE MOYNE

Jamasse bien mieulx encore estre
En cloistre et faire mon service
Cest ung lieu devost et bel estre.
Or ap ie comme fol et nice
Ou temps passe commis maint vice
De quoy nay pas fait penitance
Souffisant / dieu me soit propice
Chascun nest pas ioyeux qui dance.

LE MORT

Usurier de sens desreugles
Vene; tost et me regarde;
Vsurie estes tant aveugles
Que dargent gaiguer tout arde;.
Mais vous en sere; bien larde;
Car se dieu qui est merveilleux
Ha pitie de vous tout perde;
A tout perdre est cop perilleux.

L'USURIER

Me convient il si tost morir
Ce mest grant paine et grevance
Et ne me pourroit secourir
Mon or / mon argent / ma chevance.
Je vais morir / la mort mavance
Mais il me desplait somme toute
Quest ce de male acoustumance
Cel a beaux peux qui ne voit goutte.

LE POURE HOMME

Usure est tant maulvais perchic
Comme chascun dit et racompte
Et cest homme qui approchie
Se sent de la mort nen tient compte.

Mesme largent quen ma main compte
Encore a usure me preste.
Il devra de retour au compte
Nest pas quitte qui doit de reste.

Medecin a tout vostre orinne
Voies vous icy quamander
Iadis scrutes de medecine
Asses pour povoir commander.
Or vous vient la mort demander
Comme autre vous convient morir :
Vous ny poves contremander
Bon mire est qui se scet guerir.

LE MEDECIN

Long temps a querre art de phisique [11]
Iay mis toute mon estudie.
Iavoye science et pratique
Pour guerir mainte maladie.
Ie ne scay que ie contredie
Plus ny vault herbe ne racine
Nautre remede quoy quon die,
Contre la mort na medecine

LE MORT

Gentil amoreux gay et frisque
Qui vous cuidez de grant valeur
Vous estes pris / la mort vous pique
Le monde lairez a doleur.
Trop lavez ame / cest foleur
De vous mort est peu regarder.
Ia tost vous changeres coleur
Beaute nest quimage fardee.

LAMOUREUX

Helas / or ny a il secours
Contre mort / adieu amourettes
Moult tost va ieunesse a decours.
Adieu chapeaux / bouques / fleurettes
Adieu amans et pucelettes
Souvienne vous de moy souvent
Et vous mirez se sages estes
Petite pluie abat grant vent.

LE MORT

Menestrel qui dansez et nottes
Savez et avez beau maintien
Pour faire esioir sots et sottes
Quen dictes vous/alons nous bien?
Montrer vous fault puis que vous tien
Aux aultres cp ung tour de dance
Ce contredire np vault rien :
Maistre doit monstrer sa science.

LE MENESTREL

De dancer ainsi neusse cure
Certes tres envoiz ie men mesle
Car de mort nest paiune plus dur
Iay mis sous le banc ma vielle.
Plus ne cornerap sauterelle
Naultre danse/mort men retient.
Il me fault obeir a elle :
Tel dance a qui au cueur nen tient.

LE MORT

Advocat sans long proces faire
Venez vostre cause plaidier.
Bien avez sceu les gens attraire
De piera/non pas dup ne dier.
Conseil cp ne vous peut aidier
Au grant iuge vous fault venir
Savoir le devez sans cuidier
Bon fait iustice prevenir.

L'ADVOCAT

Cest bien droit que raison se face
Ne ie np scay mettre deffence
Contre mort na respit ne grace
Nul nappelle de sa sentence.
Iay eu de lautruy quand ie p pence
De quop ie doubte estre repris.
A craindre est le iour de vengence
Dieu rendra tout a iuste pris.

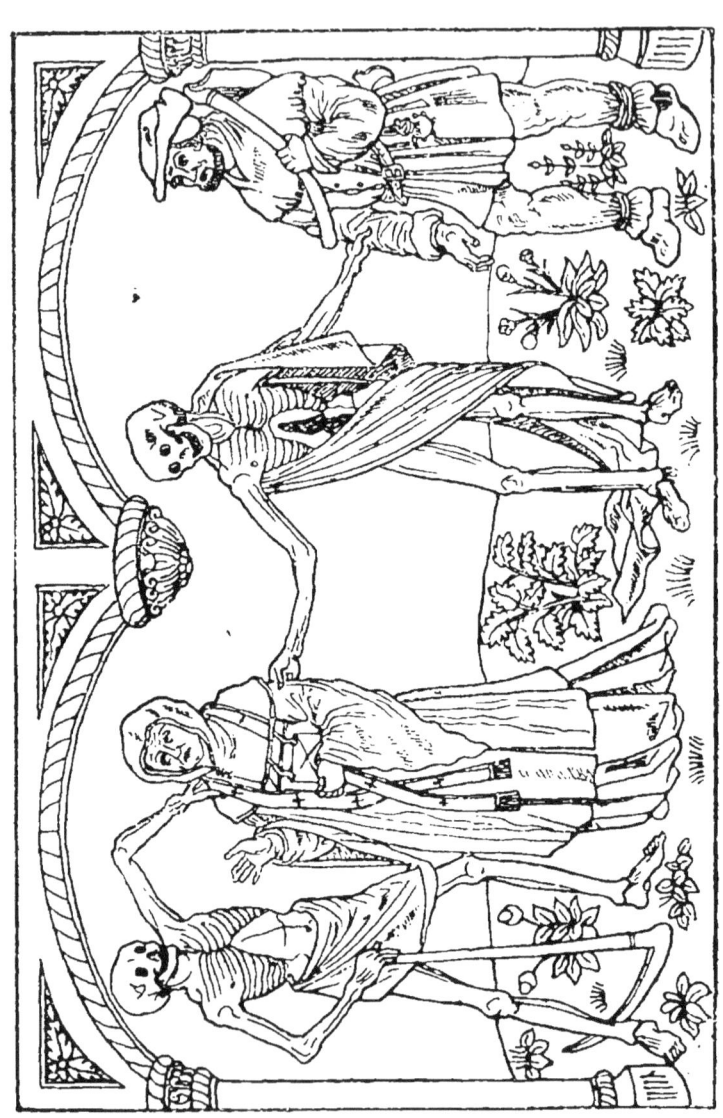

LE MORT

Passes cure sans plus songer
Je sens quastez abandonne
Ce vit/le mort solies menger
Mais vous seres aux vers bonne.
Vous fustez iadis ordonne
Miroer daultruy et exemplaire
De vos fais seres guerdonne
A toute painne est deu salaire.

LE CURE

Veulle ou non il fault que je me rende
Il nest homme que mort nassaille
Hee/de mes paroissiens offrende
Nauray iamais ne funeraille
Devant le iuge fault que ie aille
Rendre compte las doloreux
Or ap ie grant peur que ne faille :
Qui dieu quitte bien est eureux

LE MORT

Laboureur qui en soing et painne
Avez vescu tout vostre temps
Morir fault/cest chose certainne
Reculler ny vault ne contens.
De mort deves estres contens
Car de grant soussy vous delivre
Approchez vous ie vous attens :
Folz est qui cuide tousiours vivre.

LE LABOUREUR

La mort ay souhaite souvent
Mais volentier ie la fuisse
Jamaise mieulx feist pluye ou vent
Estre es vignes ou ie fouisse
Encore plus grant plaisir y prisse
Car ie pere de peur tout propos
Or nest-il qui de ce pas passe :
Au monde na point de repos.

LE MORT

Petit enfant naguerre ne
Au monde auras peu de plaisance
A la danse seras mene
Comme aultre / car mort a puissance
Sur tous / du tour de la naissance
Convient chascun a mort offrir
Fol est qui nen a congnoissance :
Qui plus vit plus a a souffrir.

LENFANT

A. a. a. ie ne scay parler
Enfant suis / iay la langue mue
Hier naquis / huy men fault aller
Ie ne faiz quentree et yssue.
Rien nay mesfait / mais de peur sue
Prendre en gre me fault cest le mieulx
Lordenance dieu ne se mue :
Aussi tost meurt ieune que vieulx

LE MORT

Faictes voye / vous avez tort
Laboureur. Apres cordelier
Souvent aves presche de mort
Si vous devez moings merveillier.
Ja ne sen fault esmoy baillier
Il nest si fort que mort narrest :
Si fait bien a morir veillier :
A toute heure la mort est preste.

LE CORDELIER

Quest ce que de vivre en ce monde
Nul homme a seurte ny demeure
Toute vanite y habonde
Puis vient la mort qua tous court sure.
Mendicite point ne masseure
Des meffais fault paier lamende
En petite heure dieu labeure :
Sage est le pecheur qui samende

Cuidez vous de mort eschapper
Clerc esperdu, pour reculler
Il ne sen fault ia defripper.
Tel cuide souvent hault aller
Quon voit a cop tost ravaller
Prenez en gre / alons ensemble
Car rien ny vault le rebeller :
Dieu punit tout quant bon luy semble.

DE CLERC

Fault il qun ieusne clerc servant
Qui en service prent plesir
Pour cuider venir en avant
Meure si tost / cest desplesir.
Je suis quitte de plus choisir
Aultre estat / il fault quainsi danse :
La mort ma pris a son loisir
Moult remaint de ce que fol pense.

LE MORE

Clerc point ne fault faire refus
De dancer / faictes vous valoir
Vous nestez pas seul / levez sus
Pour tant moins voz en doit chaloir
Venez apres / cest mon voloir
Homme nourry en hermitaige
Ja ne vous en convient doloir :
Vie nest pas seule heritaige.

L'HERMITE

Pour vie dure ou solitaire
Mort ne donne de vivre espace.
Chascun le voit si sen fault taire
Or requier dieu qun bon me face :
Cest que tout mes pechies efface
Bien suis content de tous ses biens
Desquelz iay use de sa grace :
Qui na soueffisance il na riens.

LE MORE

Dieu pesera tout a la livre
Bon y fait penser soir et main
Meilleure science na en livre :
Il nest qui ait point de demain.

Cest bien dit ainsi doit on dire
Il nest qui soit de mort delivre.
Qui mal vit il aura du pire :
Sy pense chascun de bien vivre.

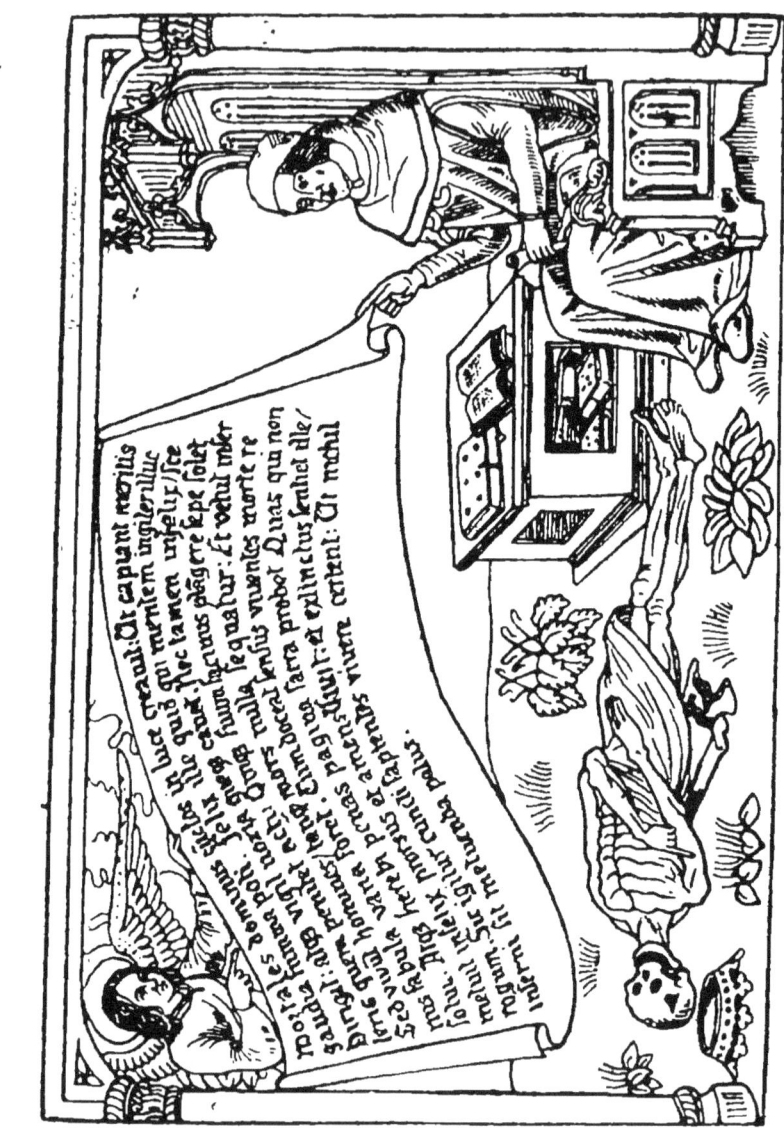

UNG ROY MORT tout nu couché en vers

Vous qui en ceste portraiture
Veez dancer estas divers
Pensez que humaine nature
Ce nest fors que viande a vers.
Je le monstre qui gis envers
Si ay ie esté roy couronné
Tel serez vous bons et pervers :
Tous estres sont a vers donnez.

Bon y fait penser soir et main
Le penser en est profitable
Tel est huy qui mourra demain.
Car il nest rien plus veritable
Que de morir / ne moins estable
Que vie domme / on lapercoit
A leul / pour quoy se nest pas fable :
Folz ne croit iusques il recoit [12].

UNG MAISTRE qui est au bout de la Dance

Rien nest homme qui bien y pense
Cest tout vent / chose transitoire
Chascun le voit par ceste danse
Pour ce vous qui veez listoire /
Retenez la bien en memoire
Car homme et femme elle amoneste
Davoir de paradis la gloire
Eureux est qui es cieulx faict feste.

Mais aucuns sont a qui nen chault
Comme si ne fut paradis
Ne enfer / helas ils auront chault
Les livres que firent iadis
Les sains le monstrent en beaux dis.
Acquitez vous qui ey passes [13]
Et faites des biens / plus nen dis :
Bienfait vault moult aur trespasses.

Cy finist la Dance Macabre [14].

NOTA. — Les manuscrits des œuvres de Gerson sont désignés par les lettres suivantes :
A. Bibliothèque de l'abbaye de Saint-Victor de Paris, aujourd'hui au département des manuscrits, Bibl. nat. fonds latin 14904. — B. Idem., Ibid., fonds français 25550. — C. Bibliothèque des Frères prêcheurs de Lille, aujourd'hui à la Bibliothèque publique de cette ville. Pour la ponctuation on a suivi la publication de MM. Leroux de Lincy et Tisserand, les *Historiens de Paris* (Paris, imp. imp., 1857), qui ont eu l'original à leur disposition.

¹ Les deux distiques suivants n'avaient pu trouver place dans les tableaux, ils sont reproduits ici d'après les Mss. A. B.

Discite vos choream cuncti qui cernitis istam
Quantum prosit honos, gaudia, divicie,
Tales estis enim natura morte futuri
Quales in effigie mortua turba vocat.

2 *Saige est celui qui bien se mire.* (Mss. A. B.)
   Cilz est eureus qui bien sy mire. (Ms. C.)
3 *Et notte na dance si sauvaige.* (Ms. C.)
4 *Hélas! en peut veoir et penser.* (Ms. C.)
5 *Aves vous peur quon ne vous fiere.* (Mss. A. B.)
6 *Les quatre vers et les six huitains suivants manquent dans le ms. B.*
7 *Vecy vos darains jours marchié.* (Ms. C.)
8 *Ne faites ja cy residence.* (Ms. C.)
9 *Qui sy rebelle il se decoit.* (Ms. C.)
10 *Plus homme ne espoventes*
11 *Après moyne sans plus attendre.* (Ms. C.)
   Long temps à quen, etc. Tous les manuscrits et imprimés donnent cette version fautive. Langlois (Danse des morts. II. 34.), propose de lire A CAEN. La phrase manque de verbe, le sens indique à guerre.
12 *Ce huitain manque dans le ms. de Lille C.*
13 *Vous qui cy passes,* aux Charniers des Innocents. (Voir l'Introduction.)
14 *Explicit la Dance macabre et à Dieu grâces.* (Ms. A.)
   Explicit.
   Deo gratias. (Ms. B.)
   Explicit expliceat.
   Ludere scriptor eat. (Ms. C.).

TABLE GÉNÉRALE

DES

MATIÈRES

12

TABLE

INTRODUCTION

LA DANCE MACABRE

ACHEVÉ D'IMPRIMER

Sur les presses de Eug. HEUTTE et Cᵉ,

Typographes

A SAINT-GERMAIN EN LAYE

Le 5 mai 1874.

Pour Léon WILLEM, Libraire

A PARIS.

COLLECTION DE DOCUMENTS RARES OU INÉDITS

RELATIFS A L'

HISTOIRE DE PARIS

Environ 25 volumes in-8 tellière, tirés à 350 exemplaires
numérotés.

OUVRAGES PUBLIÉS :

1º ESTAT, NOMS ET NOMBRE de toutes les Rues de Paris en 1636, publiés par M. Alfred Franklin de la Bibliothèque Mazarine. Papier vergé, 4 fr. Papier de Chine, 8 fr. (*Épuisé.*)

2º LES ORDONNANCES faictes et publiées à son de trompe par les carrefours de ceste ville de Paris, pour éviter le dangier de Pesté, 1531. Précédées d'une Étude sur les Épidémies parisiennes, par M. le Dr Achille Chéreau. *Illustré de curieuses gravures.* Papier vergé, 5 fr. Papier de Chine, 10 fr.

3º LES RUES ET LES CRIS DE PARIS au XIIIᵉ siècle. Pièces historiques publiées d'après les manuscrits de la Bibliothèque nationale et précédées d'une Étude sur les Rues de Paris au XIIIᵉ siècle, par M. Alfred Franklin. Papier vergé, 5 fr. Papier de chine, 10 fr.

4º LA DANCE MACABRE des SS. Innocents de Paris. Reproduction *fac-simile* de l'édition originale de la *Dance macabre;* précédée d'une Étude par M. l'abbé Valentin Dufour. Papier vergé, 6 fr. Papier de Chine, 12 fr.

5º LA COMÉDIE FRANÇAISE à Paris, aux XVIIᵉ et XVIIIᵉ siècles. Publiée par M. Jules Bonnassies. Papier vergé, 4 fr. Papier de Chine, 8 fr.

Imp. Eugène HEUTTE et Cᵉ, à Saint-Germain.

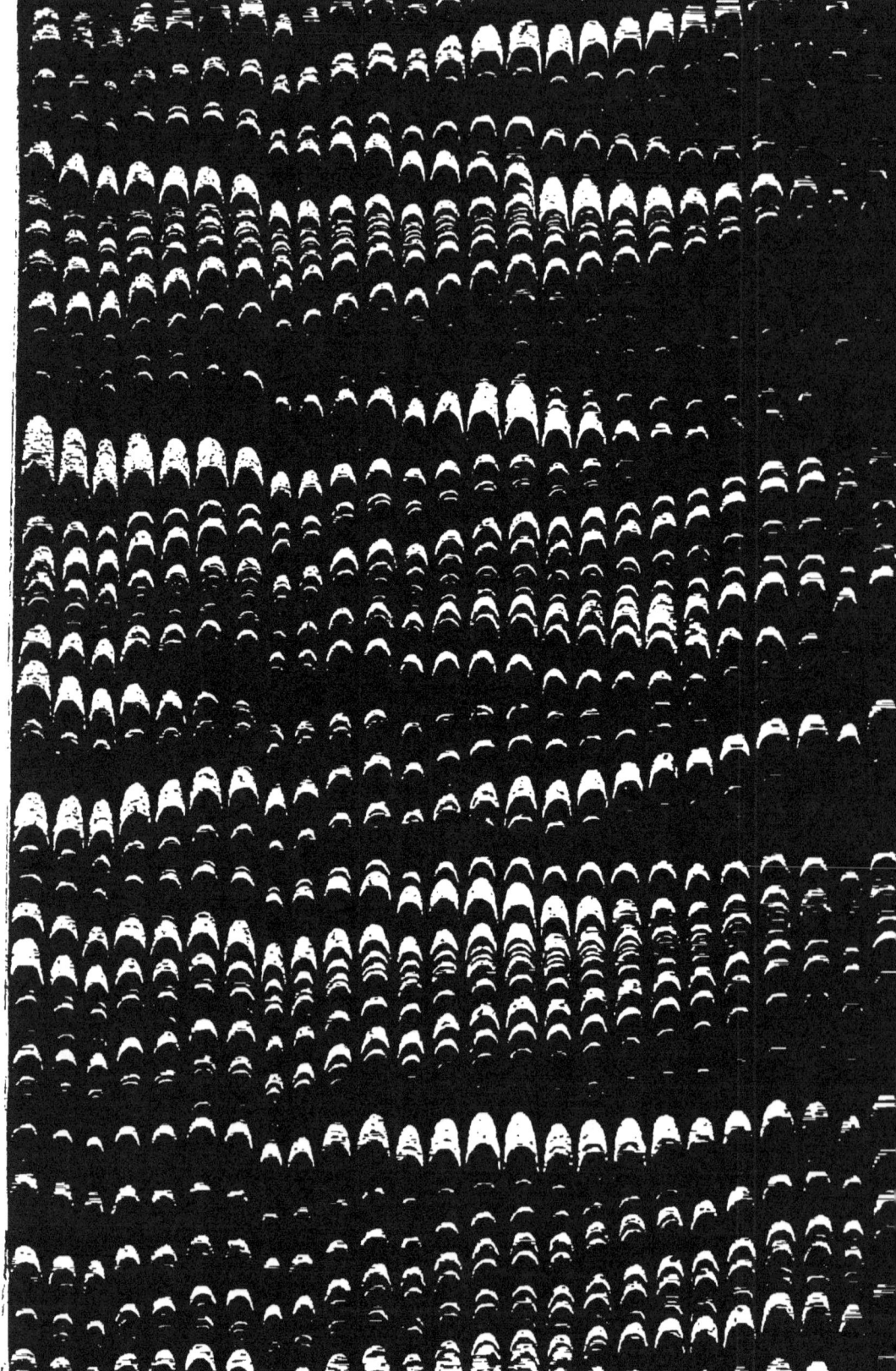

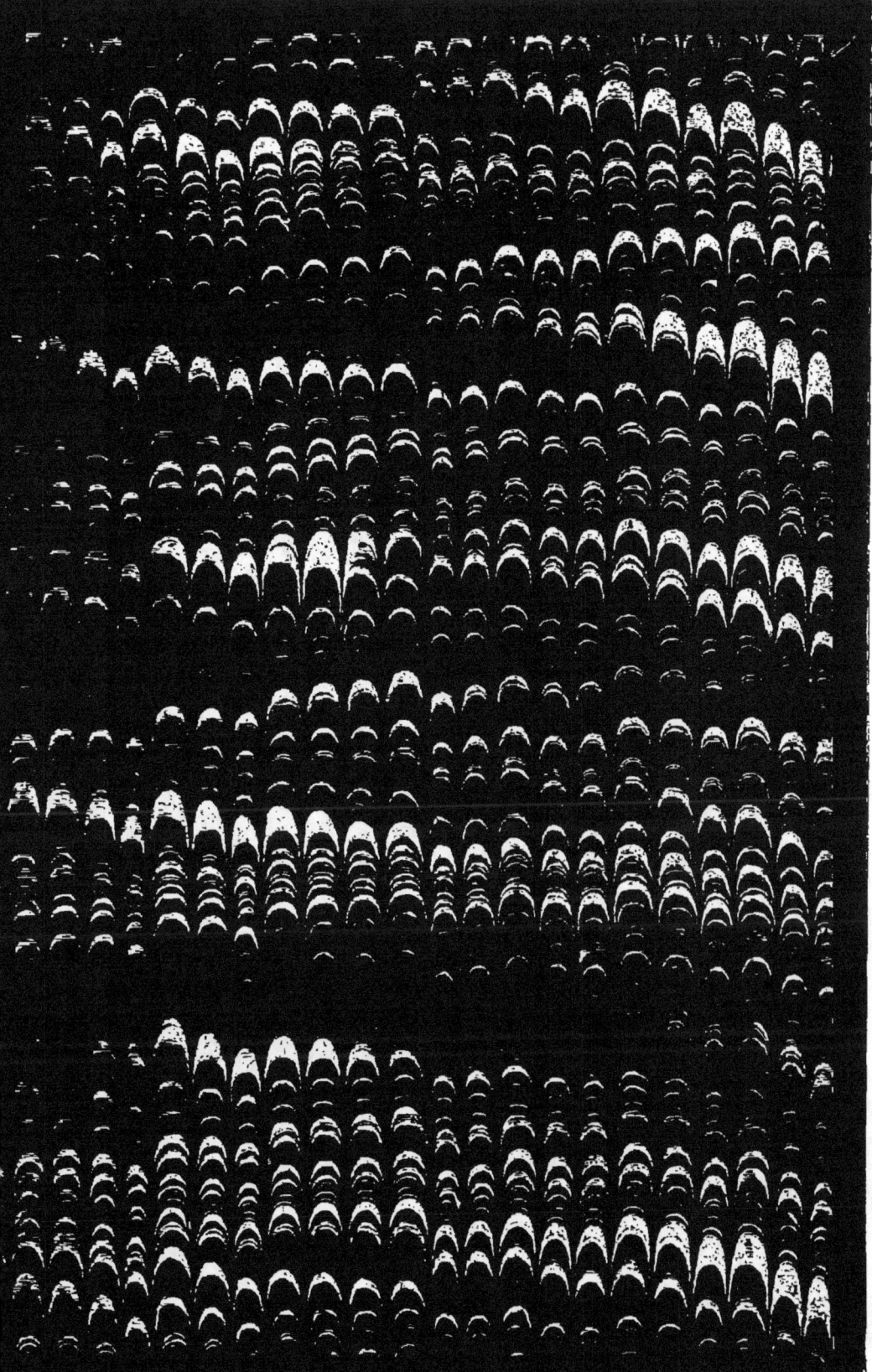

www.ingramcontent.com/pod-product-compliance
Lightning Source LLC
Chambersburg PA
CBHW070850030726
47504CB00005B/1289